Ilse Gräfin von Bredow
Ich und meine Oma
und die Liebe

Zu diesem Buch

Zum Fest der Liebe können die unglaublichsten Dinge geschehen: Das Auftauchen einer Maus kann ebenso unvorhergesehene Folgen haben wie das Eintreffen eines Überraschungsgastes am Heiligabend. Ilse Gräfin von Bredow erzählt von Tante Gesa, die eigentlich fest entschlossen ist, das Weihnachtsfest allein zu feiern, sich aber schließlich von den Nußhörnchen ihrer Nichte und der Einladung ihres Großneffen erweichen läßt. Da ist die Familie Helms, deren Schwiegersohn in spe für ein richtiges Weihnachtsfest sorgt, und das Ehepaar Schott, bei dem sich die Frau stets für die Überraschungsgeschenke ihres Mannes begeistern muß ... Voller Liebenswürdigkeit, aber mit gewohnt spitzer Feder schreibt Gräfin von Bredow von ganz gewöhnlichen Menschen, denen zu Weihnachten die ungewöhnlichsten Dinge passieren.

Ilse Gräfin von Bredow wurde 1922 in Teichenau/Schlesien geboren. Sie wuchs im Forsthaus von Lochow in der märkischen Heide auf und besuchte später ein Internat. Während des Krieges war sie im Arbeitsdienst und mußte Kriegshilfsdienst leisten. Gräfin von Bredow lebt heute als Journalistin und Schriftstellerin in Hamburg und hat zahlreiche Bücher veröffentlicht.

Ilse Gräfin von Bredow
Ich und meine Oma
und die Liebe

Weihnachtsgeschichten

Piper München Zürich

Von Ilse Gräfin von Bredow liegen in der Serie Piper außerdem vor:
Willst du glücklich sein im Leben (2438)
Denn Engel wohnen nebenan (2439)
Willst du glücklich sein im Leben/Denn Engel wohnen nebenan
(Doppelband, 2866)
Familienbande (2911)
Ein Fräulein von und zu (2912)
Glückskinder (2913)
Ein Bernhardiner namens Möpschen (2914)

Ungekürzte Taschenbuchausgabe
Piper Verlag GmbH, München
November 2001
© 1998 Scherz Verlag, Bern und München
Umschlag: Büro Hamburg
Isabel Bünermann, Meike Teubner
Foto Umschlagvorderseite: SuperStock Bildagentur
Foto Umschlagrückseite: Gudrun Drews
Druck und Bindung: Clausen & Bosse, Leck
Printed in Germany   ISBN 3-492-23213-2

Inhalt

1 Die Nußhörnchen   7

2 Liebe lud mich ein   24

3 Der Zwischenraum   38

4 Ich und meine Oma und die Liebe   58

5 Einer zuviel   77

6 Ihr Kinderlein kommet   97

7 Jugendliebe   127

8 Fast ein Held   151

9 Das Überraschungsgeschenk   174

1 Die Nußhörnchen

«Und ich erst!» rief Gesa ins Telefon. «Ich ärgere mich doch darüber noch viel mehr!» Sie hustete und hielt sich die Nase zu, damit ihre Nichte ihr die Erkältung glaubte. «Höchstwahrscheinlich habe ich Fieber. Jedenfalls ist mir so danach. Und die Knochen tun mir scheußlich weh. Ich wäre nur eine Last für dich, und anstecken würde ich euch womöglich auch. Wirklich zu dumm. Ausgerechnet am Heiligabend. Aber, was soll's.» Sie stieß einen resignierten Seufzer aus. «Es gibt Schlimmeres. Mach dir keine Sorgen. Vorräte hab ich reichlich. Ich werde ins Bett gehen, ein bißchen fernsehen und an euch denken. Feiert schön.» Sie legte den Hörer auf. «Uff, das wäre geschafft.»

Merkwürdigerweise spürte sie plötzlich ein vages Bedauern. Wahrscheinlich war das, was sie sich vorgenommen hatte, eine ziemliche Schnapsidee. Aber eins war sicher: Anna und ihre Familie würden über ihre Absage nicht gerade in Schwermut versinken. Gesa sah sie vor sich, wie sie am Mittagstisch saßen vor der für den Heiligabend obligatorischen Kartoffelsuppe, und hörte Anna sagen: «Zu ärgerlich, jetzt habe ich das Bett im Gästezimmer ganz unnötig bezogen. Tante Gesa hat Grippe», eine Mitteilung, die in dem üblichen allgemeinen Durcheinandergerede – «Hat jemand die Autoschlüssel gesehen?» – «Schlürf nicht so!» – «Der Hund müßte dringend mal raus!» – unterging. Der einzige, der ihre Absage ehrlich bedauerte, war vielleicht Ulrich. Annas Sohn hatte vor ein paar Tagen den Führerschein gemacht und die Mutter bestimmt überredet, ihn doch die Tante abholen zu lassen. Im übrigen würde das Weihnachtsfest wie immer nach demselben Ritual verlaufen, wozu nicht nur das Vorlesen der Weihnachtsgeschichte gehörte, sondern auch ein Mordskrach, bei dem der Gast jedesmal inständig hoffte, nicht zum Schiedsrichter aufgerufen zu werden. Und dann, gleich nach der Bescherung, würden Hausherr und Kinder wieder zur Tagesordnung übergehen und sich ihren jeweiligen Lieblingsbeschäftigungen hingeben, am Computer sitzen, fernsehen, lesen oder telefonieren, den bunten Teller stets in greifbarer Nähe, den Gesa übrigens auch sehr schätzte, vor allem die von Anna selbstgebackenen Nußhörnchen. Der Hausfrau war es dann überlassen, sich um den Gast zu kümmern.

Die gute Anna. Wie ein Schäferhund seine

Herde umkreiste sie unermüdlich die Familie, um sie zusammenzuhalten. «Einmal am Tage muß eine Familie um den Tisch versammelt sein», pflegte sie zu sagen. Sie liebte Unter-vier-Augen-Gespräche. «Britta, komm doch bitte mal, ich möchte dich kurz unter vier Augen sprechen.» Unter vier Augen mochte das Gespräch bleiben, unter vier Ohren bestimmt nicht, bei der Lautstärke, mit der die vierzehnjährige aufmüpfige Tochter ihrer Mutter die Antworten entgegenschleuderte. Denn die Regel, mit der Gesa noch aufgewachsen war, «Kinder sieht man, aber hört man nicht», war längst außer Kraft gesetzt.

Annas Mann Wolfgang, von einer gewissen lärmenden Herzlichkeit, dozierte vor Gästen gern über die Offenheit als Instrument der Mitarbeiterführung, schätzte diese Eigenschaft bei seiner eigenen Familie jedoch weniger. Da liebte er es, noch wie in Großvaters Zeiten umschmeichelt zu werden, wenn man bei ihm ans Ziel kommen wollte. Britta gelang dies ohne Schwierigkeiten: «Ach, Papilein, du bist mal wieder megageil», ihrem Bruder Ulrich aber weniger gut. Der trat oft gewaltig ins Fettnäpfchen, so auch mit der lässig hingeworfenen Bemerkung: «Willkommen im Familienhotel», als sein Vater von einer Geschäftsreise zurückkehrte. Wolfgang war so gekränkt, daß er von sich aus Gesa anrief, was er sonst nie tat. Für wen ackerte er sich eigentlich so ab, setzte sich dem ständigen Streß auf der Autobahn aus? Doch nur für Frau und Kinder. Und da war er ja wohl niemandem Rechenschaft darüber schuldig, daß er nach einer anstrengenden geschäftlichen Besprechung in Rom noch eben mal für einen Tag nach Venedig fuhr. «Und dann, stell dir vor, sagt doch mein Sohn ganz gönnerhaft zu seiner Mutter: ‹Vertrauen schenken heißt laufenlassen, auch wenn der Untergebene mal einen anderen Weg einschlägt, als man für richtig hält.› Eine Frechheit, so was!» Gesa hatte sich die Bemerkung «Deine Worte» lieber verkniffen.

Aber auch wenn Wolfgang gelegentlich mit seinem Sohn zusammenrasselte, war er doch sehr stolz auf Ulrich, der stinknormal durch die Schule ging und als einzige Macke zwei straßbesetzte winzige Ringe in den Augenbrauen trug. Und auch Britta, trotz ihrer brandrot gefärbten Haare und der Angewohnheit, hinter jeden Satz ein «geil» zu setzen, benahm sich sonst kaum als Bürgerschreck.

Anna und Gesa waren nur entfernt verwandt. Als die kleine Familie vor fünf Jahren in ihre Stadt gezogen war und Anna die Anfangszeit noch ohne Wolfgang verbringen mußte, hatte sie die Tante ausgegraben. Es entwickelte sich für beide eine lose, aber nützliche Verbindung.

Sie telefonierten häufiger, besuchten sich gegenseitig ab und an, und Anna sah nach ihr, wenn mal Not am Mann war. Dafür hütete Gesa ihnen im Urlaub das Haus. Ihr eigener Freundeskreis war im Lauf der Jahre sehr zusammengeschmolzen. Es gab nur noch wenige Gleichaltrige darunter, und die lebten außerhalb der Stadt, waren in ein Seniorenheim gezogen, ständig auf Reisen oder mit Kindern und Enkelkindern beschäftigt. So hatte es sich allmählich eingebürgert, daß Gesa Weihnachten bei Anna verbrachte, obwohl die inzwischen längst mit anderen jungen Ehepaaren Freundschaft geschlossen hatte, so daß es für sie nicht gerade die Krönung des Heiligabends sein konnte, sich eine schon ziemlich taube Achtzigjährige aufzuladen, die sich immer auf den falschen Platz setzte und aus Versehen den Hund trat, daß er jaulte.

Wahrscheinlich hing die Einladung mit christlicher Nächstenliebe zusammen, die sich zum Heiligabend ja überall mit der Pracht einer Nachtkerze entfaltete. Jedermann war um diese Zeit darauf aus, Freude zu schenken, egal in welcher Form und auf welche Weise. Gesa erinnerte sich wieder einmal daran, wie sich diese plötzliche Menschenliebe in dem Waisenhaus ausgewirkt hatte, in dem sie eine Zeitlang als Sekretärin beschäftigt gewesen war. Anscheinend hatten eine Menge Leute plötzlich nichts anderes im Sinn, als Kinderaugen glänzen zu sehen. Jedenfalls klingelte das Telefon von früh bis spät, und es hagelte geradezu Einladungen für die armen Geschöpfe. Dabei wußte sie aus langjähriger Erfahrung nur zu gut, daß Mitgefühl und Hilfsbereitschaft schneller an Reiz verloren als eine Tanne Nadeln und daß bereits ein Wochenende später sich von all diesen netten Tanten und Onkeln, von denen die Waisen mit Freundlichkeiten und Geschenken überschüttet worden waren, kaum noch jemand ein zweites Mal im Waisenhaus blicken ließ.

Auch die Bettler hatten um diese Jahreszeit Hochkonjunktur. Und nicht nur sie. Wie ihr von einem Vetter erzählt wurde, gehörte es auch bei wohlsituierten Mitgliedern des Lions Clubs, der Rotarier und anderer Männervereine, die sonst von ihren Frauen nur schwer dazu zu bewegen waren, ein hinfällig und somit uninteressant gewordenes Familienmitglied zu besuchen, zum guten Ton, den Samariter zu spielen. Geschäftig eilten sie mit stärkenden Getränken und Süßigkeiten oder Blumen in Pflegeheime und Krankenhäuser und gaben sich redlich Mühe, aufmunternd zu wirken – «Hübsch haben Sie's hier» –, was den Patienten, der in einem winzigen Dreibettzimmer dahinkümmerte, eher verwirrte. Kinderchöre sangen Weihnachtslieder auf den Fluren, und in Gesas Kirche, in der sich der junge Pastor normalerweise ein wenig deplaziert vorkam, weil er seine brillanten Reden an ein paar alte Frauen wie Gesa verschwenden mußte, konnte er endlich einmal in einer brechend vollen Kirche vor all den schicken jungen Ehepaaren und ihrem Nachwuchs zeigen, was er auf dem Kasten hatte.

Aber das Fest aller Feste forderte seinen Tribut, und es war nicht immer ganz leicht, sich dem energischen Griff christlicher Fürsorge zu entziehen. Sogar in den Medien war man ständig auf Jagd nach den Mühseligen und Beladenen und strengte sich an, sie wenigstens einmal im Jahr ans Licht zu zerren. Jedesmal, wenn Gesa sich so eine Sendung ansah, stellte sie mit einer gewissen Befriedigung fest, daß sie Gott sei Dank so ein Krepel noch nicht war. Was sie betraf, sie konnte noch gut allein zurechtkommen. Natürlich hatte sie auch so ihre Zipperlein und brauchte sehr viel längere Zeit als früher, die kleine Wohnung in Schuß zu halten. Aber sie fühlte sich durchaus noch kräftig genug, in diesem Jahr dem ganzen Brimborium einmal die Stirn zu bieten und den Heiligabend nach ihrem Gusto zu verbringen.

Sie stand auf und ging in die Küche, um sich ihr Mittagessen zuzubereiten. Während sie mit Geschirr, Kochtöpfen und Bestecken hantierte, erinnerte sie sich geradezu mit Wollust an so manchen schiefgegangenen Weihnachtsabend, an dem sie wirklich besser daran getan hätte, einfach zu Haus zu bleiben. Etwa den mit der frischgeprägten Witwe, zu der sich eine weitere gesellte. Der ganze Abend hatte überwiegend darin bestanden, daß beide sich in der Lobpreisung ihrer verstorbenen Männer zu übertrumpfen versuchten. Gesa hatte die Herren gut gekannt, aber die Farben, in denen sie jetzt von ihren Frauen geschildert wurden, mußten aus einem völlig anderen Tuschkasten stammen. Sie war froh und dankbar, nach einer gewissen Anstandsfrist die beiden «Schwestern im Leid» sich selbst überlassen zu können.

Ebensowenig erfreulich war das Weihnachtsfest gewesen, bei dem sie wohl hauptsächlich als Katalysator dienen sollte, weil einer der Partner bereits auf dem Sprung war, die Familie zu verlassen, und man nur der Kinder wegen das Fest noch gemeinsam feierte. Daran änderten auch ein hervorragendes Essen, die liebevoll für sie ausgesuchten Geschenke und ein Weihnachtsbaum wie aus dem Bilderbuch nichts. Bereits beim Nachtisch begann das Ehepaar, wenn auch mit Rücksicht auf die Kinder in liebenswürdigem Ton, die Klingen zu kreuzen, und Gesa war so bald wie möglich unter einem fadenscheinigen Vorwand geflüchtet.

Gerechterweise mußte sie zugeben, daß sie in früheren Jahren alles darangesetzt hatte, gerade Weihnachten nicht allein zu sein, vor allem im Krieg. Da hatte man es dringend nötig, diesen Tag mit den Angehörigen oder Freunden zu verbringen, und war schon voller Dankbarkeit, wenn das Fest nicht durch eine erneute Todesbotschaft, die wie ein Damoklesschwert über jeder Familie hing, belastet wurde. Gelegentlich hatte sie mit Anna darüber gesprochen. «Man hat im Alter einfach nicht mehr so das Bedürfnis nach Geselligkeit», sagte Gesa. Anna lachte. «Das redest du dir nur ein.»

Einen Adventskranz oder einen Weihnachtsbaum hatte Gesa sowieso schon lange nicht mehr, sehr zum Befremden der Nachbarn, die ihre Wohnung in der Weihnachtszeit schmückten, als könnte ein Engel persönlich bei ihnen auftauchen und die Botschaft von Christi Geburt verkünden. So brauchte sie wenigstens keine Angst zu haben, daß irgend etwas in Brand geriet, und mußte sich nicht hinterher mit einer nadelnden Tanne abplagen.

Nachdem sie gegessen hatte, spülte sie das Geschirr ab und beschloß, sich noch ein Weilchen hinzulegen. Es war noch eine Menge Zeit, bis sie ihren Plan ausführen konnte.

Sie wurde von lebhaften Geräuschen im Treppenhaus geweckt. Die Älteren unter den Mietern schienen sich auf den Weg zu ihren Kindern zu machen oder wurden von ihnen abgeholt. Sie hoffte nur, daß auch Frau Voß dazugehörte. Lange Zeit hatte sie gedacht, daß die mit ihrem Sohn wirklich gut dran war, denn nach ihren Schilderungen kümmerte er sich in rührender Weise um sie. Aber als sie diese Fürsorge einmal vor ihrem gemeinsamen Hausarzt rühmte, zog der nur die Augenbrauen hoch und sagte: «Der Sohn? Das ist mir neu.»

Der Arzt war ein noch junger Mann und klapperte auf Holzschuhen und in ausgefransten Jeans die Flure entlang. Die alten Patienten, die er regelmäßig einmal in der Woche besuchte, versuchten ihn ein bißchen zu bemuttern. «'ne neue Jacke könnten Sie sich nun wirklich mal leisten, Herr Doktor.» Er mochte anscheinend alte Menschen und packte sogar hin und wieder einen seiner Patienten, um den sich sonst niemand kümmerte, ins Auto und fuhr mit ihm in sein kleines Bauernhaus am Rande der Stadt. Ein weißer Rabe unter seinesgleichen? Dieses Vorurteil konnte Gesa ebensowenig bestätigen wie die Meinung, die Jungen scheren sich einen Dreck um die Probleme der Alten. Der Student, der ihr das Mineralwasser brachte und neben seinem Studium auf einer Sozialstation arbeitete, berichtete ihr jedesmal ganz erschüttert über das, was er so bei seiner Arbeit erlebte.

«Und immer heißt es Tempo, Tempo. 'n alter Mensch ist doch keine Vase, die ich abstaube.» Ihre Generation war da eigentlich härter. Natürlich hatte man sich zwangsläufig in Krieg und Nachkriegszeit gegenseitig beigestanden. Aber als man für einen hinfällig gewordenen alleinstehenden Onkel, den sie sehr mochte, endlich einen Platz im Altersheim gefunden hatte, gaben sich die Angehörigen nicht gerade die Klinke in die Hand, wofür die schlechten Verkehrsverbindungen in diesen Jahren ein gutes Alibi boten, auch für sie.

Sie zog sich an und ging zum Fenster. Draußen war es jetzt fast schon dunkel. Die Glocken hatten angefangen zu läuten. Es war ein Heiligabend, wie er gern in den Weihnachtsgeschichten geschildert wird, mit klarem Frost, einer leichten Schneedecke und einem glitzernden Sternenhimmel, genau das richtige für das, was sie sich vorgenommen hatte. Sobald auf den Straßen Ruhe eingekehrt war, wollte sie mit der U-Bahn bis zum nahegelegenen Naturschutzgebiet fahren. Dort konnte man zwischen moorigen Wiesen, Birken und Erlen unter einem weiten Sternenhimmel die so kostbar gewordene totale Stille noch genießen.

Der Gedanke daran hatte sie schon seit einigen Wochen zu diesem Ausflug verlockt. Aber erst heute fand sie den Mut, sich vor Annas

Einladung zu drücken. Mein Gott, was bist du doch für ein Feigling, dachte sie einen Augenblick zerknirscht. Aber wäre es nicht sehr verletzend gewesen, einfach so mit der Wahrheit rauszurücken? Zumindest hätte es für die eher prosaische Anna einfach verrückt geklungen. Und das war es ja auch. Aber ihr war nun mal danach zumute, auch auf die Gefahr hin, sich womöglich in einem Karnickelloch den Knöchel zu verknacksen und den Rest der Nacht auf einem Baumstamm verbringen zu müssen. Denn daß noch irgendein anderer Mensch auf die Idee käme, dort den Heiligabend zu verbringen, war kaum anzunehmen. Das nötige Licht würde ihr der zunehmende Mond geben. Außerdem sah sie noch recht gut im Dunkeln. Schließlich war sie noch mit Petroleumlampen und Kerzen aufgewachsen. Und sie fand sich in dem Naturschutzgebiet durchaus zurecht. Schon im voraus kostete sie dieses wundervolle Gefühl aus, dort zwischen Wiesen und Schonungen herumzustapfen und die Natur ganz für sich allein zu haben, eingehüllt von einer Stille, die eine große Ruhe in einem auslöste und einem gleichzeitig das Gefühl gab, nur ein Staubkorn zu sein. Schon als Kind war es ihr so gegangen. Bevor die Kerzen auf dem Weihnachtsbaum angezündet wurden und die Bescherung begann, war sie noch einmal aus dem Haus gelaufen bis zu einer Koppel außerhalb des Dorfes und hatte diese Empfindung ausgekostet, bis der Frost ihr Beine machte. Ihr Ausflug war niemandem aufgefallen, und sie sprach auch nie darüber.

Inzwischen hatten sich allerdings die Zeiten sehr geändert. Vielleicht war es ja wirklich etwas leichtsinnig, so spät abends noch allein unterwegs zu sein. Aber dann beruhigte sie sich damit, daß Missetaten am Heiligabend als besonders verabscheuungswürdig galten und daher strafverschärfend. Man konnte nur hoffen, daß Mörder und Diebe sich rechtzeitig daran erinnerten. Sogar im Kriege schwiegen die Waffen, wie es so schön hieß, was allerdings nicht verhindern konnte, daß zwar der Heiligabend von Luftangriffen verschont blieb, aber dafür die am Tag davor abgeworfenen Zeitbomben zur Weihnachtsbescherung explodierten. Doch an den Krieg wollte sie nun wirklich nicht denken.

Zwei Stunden später machte sie sich auf den Weg. Keine Menschenseele weit und breit, genau so, wie sie es sich vorgestellt hatte. Vorsichtig stieg sie die Treppe zur U-Bahn-Station hoch. Auch hier herrschte völlige Ruhe. Die Schienen glänzten im Mondlicht. Sie sah auf den Fahrplan. Enttäuscht stellte sie fest, daß sie mindestens noch zwanzig Minuten warten mußte. Ein Zug war wohl gerade abgefahren. So marschierte sie den langen Bahnsteig auf und ab, und mit jeder Minute verflüchtigte sich ihre hochgespannte Erwartung. Der Bahnsteig war nun nicht mehr leer. Zwei wenig vertrauenerweckende Männer kamen auf sie zu und sprachen sie an. «Oma, haste mal 'ne Mark?» Als sie den Kopf schüttelte, machten sie eine unflätige Geste. Dann kam endlich der Zug wie eine funkelnde Lichterschlange herangekrochen. Der vor ihr haltende Waggon war menschenleer. Sie stieg ein, doch als sie sich umdrehte, sah sie in die Gesichter der beiden Männer mit dem finanziellen Engpaß. Schreckensbilder stiegen in Sekundenschnelle in ihr auf: Knüppel auf den Kopf, schwerer Sturz auf den harten Boden, gebrochener Oberschenkel, Handtasche weg. Sie lief durch den Waggon, und es gelang ihr, ihn wieder zu verlassen, ehe sich die Türen schlossen. Die beiden Männer sahen sie verdutzt an, als sie an ihr vorbeifuhren.

Da stand sie nun wie eine Idiotin und haderte mit ihrer Feigheit. Andere Frauen ihres Alters durchquerten noch allein die Wüste oder trampten in einem Campingwagen quer durch Mexiko und nahmen in Kauf, überfallen und beraubt zu werden. Als sie die Treppe hinunterging, wäre sie fast ausgerutscht, und als sie wieder in ihre Wohnung zurückgekehrt war, stellte sie fest, daß sie vergessen hatte, im Schlafzimmer das Kippfenster zu schließen. Es herrschte eine eisige Kälte. Zu allem Überfluß gab auch noch die Glühbirne in ihrer Stehlampe den Geist auf, und sie konnte keinen Ersatz finden. Die Deckenbeleuchtung tauchte den Raum in ein fahles, ungemütliches Licht, und die Stille im Haus und in der Wohnung hatte jetzt etwas Bedrückendes.

Sie zog den Mantel aus und ließ sich in einen der kleinen Sessel fallen. Stille Nacht, heilige Nacht. Danach war ihr im Moment wirklich nicht zumute. Dafür ging ihr die Arie des Florestan aus «Fidelio» durch den Kopf: «Gott, welch Dunkelheit, welch grauenvolle Stille.» Das einzige Geräusch war der tropfende Wasserhahn. Anna las jetzt wahrscheinlich gerade die Weihnachtsgeschichte: «Und es waren Hirten auf dem Feld, die fürchteten sich sehr.» Gesa fürchtete vor allem, nun wirklich eine Erkältung zu bekommen. In ihrem Hals begann es bereits zu kratzen. Kein Wunder, so durchgefroren wie sie zurückgekehrt war.

Das Schrillen der Klingel an der Wohnungstür ließ sie zusammenfahren. Wer konnte das jetzt noch sein? Hoffentlich nicht Frau Voß. Zur Zeit fühlte sie sich deren Lobpreisungen über den entzückenden Sohn nicht gewachsen. Aber im Flur rührte sich nichts. Es war also die Haustür. Sie drückte auf die Taste der Sprechanlage.

«Ja, bitte?»

«Ich bin's, Tantchen.»

«Ulrich, du?» Automatisch drückte sie den Summer, und ehe ihr viel Zeit zum Nachdenken blieb, stand er schon an der Wohnungstür. Sie öffnete sie völlig überrumpelt.

«Wo kommst du denn her? Ich denke, ihr sitzt jetzt gemütlich im Weihnachtszimmer und habt die Kerzen angezündet.»

«Haben wir auch. Aber Mami hat gesagt, ich soll mal schnell nach dir sehen und dich, wenn du dich wieder besser fühlst, gleich mitbringen. Und das tust du ja wohl auch. Oder warum bist du sonst tipptopp angezogen und liegst nicht im Bett?» Er sah sich im Zimmer um. «Kalt hast du's hier. Und dann diese Beleuchtung!»

«Die Birne von der Stehlampe ist durchgebrannt», erklärte Gesa, während sie hastig ein paar Sachen zusammenpackte. «Und ich hab vergessen, mir Ersatzbirnen zu kaufen.»

«Kein Problem, davon hat Mami sicher reichlich. Und sie gibt dir welche mit, wenn ich dich wieder nach Haus bringe. Bist du fertig?» Sie nickte. Er half ihr in den Mantel. «Also dann, let's go.»

Gesa zog die Wohnungstür hinter sich zu und schloß ab.

«Hat deine Mutter wieder Nußhörnchen gebacken?» fragte sie, während sie die Treppe hinuntergingen.

«Klaro», sagte Ulrich. «Und ich hab mächtig aufgepaßt, daß Britta dir noch welche übriggelassen hat. Du ißt sie doch so gern.»

«Bist ein kluges Kerlchen», lobte ihn Gesa.

«So ist es, Tantchen.»

Sie waren inzwischen am Wagen angekommen. «Und nun zeig ich dir mal, was in der Karre steckt.» Er öffnete die Wagentür, und die beiden Ringe in seinen Augenbrauen funkelten im Licht der Straßenlampe wie zwei kleine Sterne.

2 Liebe lud mich ein

Am ersten Advent passierte Margret endlich etwas, worauf ihre Familie schon lange vergeblich gewartet hatte: Nach einem Kinobesuch verliebte sie sich in einen jungen Mann, der ihr in der U-Bahn gegenübersaß. Vielleicht war es das Schicksal des «englischen Patienten» auf der Leinwand, von dem ihr Herz berührt worden war, oder die vorweihnachtliche Stimmung in der Stadt: kein Schaufenster, das nicht wenigstens einen auf dem Schlitten sitzenden Nikolaus, den Stall von Bethlehem oder zwischen Schuhen und Handtaschen hervorlugende Engel zeigte. Alles strahlte, spiegelte und blendete, so daß man sich in das Innere einer teuren Parfümerie versetzt fühlte, wenn man die Straßen entlangbummelte, in denen sich das Läuten der Kirchenglocken mit Weihnachtsliedern ohne Ende mischte. Vielleicht war es einfach nur das knackige Aussehen des jungen Mannes, der sie so fröhlich anblinzelte und mit einem «Hoppla!» gerade noch verhinderte, daß ihr sämtliche Einkaufstüten vom Sitz rutschten.

Was immer der Grund gewesen sein mochte, ihre Eltern waren jedenfalls erleichtert. Sie hatte nun endlich, worauf ihre ganze Umgebung lauerte – einen Mann an ihrer Seite, so daß sich sämtliche versteckten Anspielungen und Andeutungen von Nachbarn, Freunden, Onkeln und Tanten, die nur auf die Frage zielten: «Hat sie einen Freund?», erübrigten. Denn in Margrets Alter immer noch solo, das war doch wirklich merkwürdig, wenn auch Margrets Mutter sie jedesmal damit verteidigte, daß für ihre Tochter der Beruf unheimlich wichtig sei. Man nickte verständnisvoll, ließ aber durchblicken, daß es da vielleicht auch noch andere Probleme gebe, wobei sich die Generation der Großmütter besonders hervortat. Sie schienen völlig vergessen zu haben, daß zu ihren Zeiten so manche Braut längst auf die Dreißig zumarschiert war. Herr Helms fand das Ganze absurd. Seine wirklich ansehnliche Tochter warf sich eben nicht jedem an den Hals. Er empfand ihr Zölibat als höchst angenehm, wohl weniger, weil er von väterlicher Eifersucht geplagt war, als vielmehr, weil er sich noch sehr gut an die Liebesdramen seiner älteren Tochter Inga erinnern konnte, die sich noch dazu kurz hintereinander abspielten, so daß man gar nicht zum Verschnaufen kam und er diese Unholde ständig durcheinanderbrachte. Nun war sie endlich verheiratet und er Großvater einer niedlichen Enkeltochter, deren Kosenamen dauernd ausgewechselt wurden, mal Gurke, mal Fröschchen, mal Püppi. Er kannte sich da nicht mehr so genau aus.

Aber auch Margrets Liebesdramen waren in seinem Gedächtnis haftengeblieben. Beim ersten Mal war sie gerade fünf gewesen, und sie hatten eine Kindervorstellung von Schneewittchen besucht. Da traf sie mitten in der Aufführung die Liebe. Sie stand auf und rannte ohne jede Ankündigung auf die Bühne, wo sie sich mit ausgebreiteten Armen auf den kleinsten Zwerg stürzte. Er war höchstens ein Jahr älter als sie und erschrak derart, daß er heulend die Flucht ergriff. Margret konnte von dem Inspizienten nur mühsam daran gehindert werden, ihm bis hinter die Bühne zu folgen.

Beim zweiten Mal war sie zehn, da wurde der junge Briefträger ihr Opfer. Auf ihrem Fahrrad folgte sie ihm durch die ganze Stadt bis ins Postamt, trotz seiner Bemühungen, sie abzuschütteln. Nach einer Woche warfen sich die Kollegen bedeutungsvolle Blicke zu, und der Vorsteher des Postamts bat ihn zu einem Gespräch unter vier Augen, was den Briefträger wiederum veranlaßte, Margrets Eltern um ein Gespräch unter vier Augen zu bitten. Margret zeigte sich so uneinsichtig, daß sie zu ihrer achthundert Kilometer entfernt wohnenden Großmutter verbannt wurde, wo sie allmählich wieder zur Besinnung kam.

Mit fünfzehn nahm sie nicht etwa, wie man bei diesem Alter vermuten sollte, einen Schlagersänger aufs Korn, sondern einen Sanitäter von der Johanniter-Unfallhilfe, dem sie beim Schützenfest zugesehen hatte, wie er einem Kind das zerschrammte Knie verband. Sie fand ihn unheimlich süß, und er fand sie unheimlich nervig. Jedenfalls war das Herrn Helms' Eindruck. Würde Margret sonst nicht wenigstens einmal ihn selbst und nicht immer nur den Anrufbeantworter erwischen, obwohl sie es täglich bis zu dreißigmal versuchte? Es dauerte seine Zeit, bis sie ihre Liebe als hoffnungslos abhakte.

Danach erlosch ihr Interesse an jungen Männern, aber sonst war sie ein völlig normales junges Mädchen und kaum von anderen zu unterscheiden. Sie zerrte sich endlos mit der Mutter über nicht gemachte Schularbeiten, verweigerte jede Hilfe im Haushalt, benutzte mit großer Selbstverständlichkeit sämtliche Kleidungsstücke ihrer Mutter, die ihr gefielen, und gab muffige Antworten auf harmlose Fragen. Sie beendete die Schule, ließ sich zur Reisekauffrau ausbilden und war nun in einem großen Reisebüro die vielgepriesene rechte Hand des Chefs, der sich ebenfalls gelegentliche Anspielungen auf ihre Enthaltsamkeit nicht verkneifen konnte.

Doch damit war es nun vorbei. Im ersten Augenblick empfand Herr Helms sogar fast etwas wie einen Schock, als ihm seine Frau, bevor Margret singend das Haus betrat, ins Ohr flüsterte, daß seine Tochter nun endlich, endlich kein Single mehr war.

«Und weißt du, wo sie ihn kennengelernt hat? In der U-Bahn.»

«Wie romantisch», sagte Herr Helms gequält, der unruhige Zeiten auf sich zukommen sah. «Womöglich ein Kontrolleur von der Hochbahn. Wahrscheinlich hat sie mal wieder die Monatskarte vergessen.»

«Kontrolleur? Ich bitte dich.»

«Immer noch besser als ein Ausländer!» rief Herr Helms voll düsterer Vorahnungen. «Muß ich mich jetzt etwa daran gewöhnen, meine Tochter nur noch mit Kopftuch und auf einem Teppich knien zu sehen?»

«Er ist bei der Bundeswehr», erklärte Frau Helms.

«Einer dieser Mörder in Uniform», murrte Herr Helms, bei dem gelegentlich der Achtundsechziger noch zum Vorschein kam.

«Du machst es uns wirklich schwer», sagte Frau Helms, sich sogleich mit ihrer Tochter solidarisierend. «Warte doch erst mal ab.» Aber auch sie sah etwas bänglich aus. Denn Margret hatte ihr angedeutet, daß ihr neuer Freund ein sehr, sehr häuslicher Typ sei und, im Gegensatz zu anderen Altersgenossen, ganz versessen darauf, ihre Eltern kennenzulernen. Und wie sehr er sich auf gemeinsame Wochenenden mit ihnen freue, besonders jetzt in der Vorweihnachtszeit, was Frau Helms einerseits sehr schmeichelhaft fand, was andererseits aber auch befürchten ließ, daß womöglich ihre Talente als Hausfrau wieder mehr gefragt waren.

Margrets Heinerle erwies sich als ein wohlerzogener Junge, ein sportlicher Typ mit dichten blonden Haaren und treuherzigem Blick. Wie sich herausstellte, war er in einem Waisenhaus aufgewachsen und beneidete daher jeden, der eine Familie besaß.

Als beide Töchter noch im selben Ort wohnten, hatte sich Frau Helms oft darüber erregt, daß sie nur Gebrauch von ihrem Elternhaus machten, um die Wäsche waschen zu lassen, ihren eigenen Kühlschrank mit den Vorräten ihrer Eltern aufzufüllen und sich das Auto ihrer Mutter auszuborgen, aber dafür gern an Geburtstagen und Feiertagen durch Abwesenheit glänzten. Doch der Ärger war nur von kurzer Dauer. Sehr schnell begann das Ehepaar es zu genießen, endlich mehr Zeit für sich selbst zu haben. Auch als Inga nach ihrer Heirat in eine andere Stadt zog, bedauerten sie das weniger, als das junge Paar angenommen hatte. Es reichte ihnen vollkommen, Gurke-Fröschle-Spätzlein-Püppi nur alle paar Wochen zu sehen.

Von nun an reisten sie mehr, ließen alte Freundschaften wieder aufleben, und Herr Helms bereitete sich auf seine Frühpensionierung vor, während Frau Helms fleißig die Volkshochschule besuchte, um ihr Schulenglisch aufzufrischen. Die Hausarbeit spielte für sie nur noch eine untergeordnete Rolle. Kein Gedanke mehr daran, so was wie Unterwäsche zu bügeln. Die Küche wurde zu einem Ort degradiert, in dem man nur noch Schnellgerichte in den Kochtopf schüttete, und da sich allmählich eingebürgert hatte, daß Herr Helms für diese Tätigkeit zuständig war, gab es um die Kosten des Auswärts-essen-Gehens keine Diskussionen mehr. Auch der ganze Weihnachtsrummel fand nicht mehr statt. Das Ehepaar verreiste jetzt gern über die Feiertage und ließ es sich in guten Hotels wohl sein.

Aber nun passierte etwas, womit sie nicht gerechnet hatten: Margrets Freund erquengelte sich mit sanfter Beharrlichkeit die Wiedereinführung der vorweihnachtlichen und weihnachtlichen Sitten und Gebräuche. Nun, einen hübschen Adventskranz ließ sich Frau Helms ja noch gefallen, und reichlich Pfefferkuchen zum

Sonntagskaffee war ein leicht zu erfüllender Wunsch. Aber daß sie darüber hinaus auch den Nikolaus spielen sollte und einen vor der Zimmertür stehenden blankgeputzten Militärstiefel ihres Gastes mit Süßigkeiten füllen mußte, fand sie doch etwas albern. Aber seine geradezu kindliche Freude darüber versöhnte sie wieder. Er war ja nun wirklich ein netter Kerl, den sie mehr und mehr in ihr Herz schloß. Und seinen Beruf nahm er sehr ernst. Außerdem tat er Margretchen gut, die sich, aufgeplustert vor lauter Gefühlen, angewöhnt hatte, jedermann um den Hals zu fallen. Sie blieb jetzt häufig mit ihrem Heinerle übers Wochenende im Elternhaus und konnte deshalb auch dem Klempner die Tür öffnen, der, wie es sich für einen anständigen Handwerker gehört, selbstverständlich nicht zur festgelegten Zeit erschien, sondern am Sonnabend um acht vor der Haustür stand und sich außerordentlich ungehalten darüber zeigte, daß er für dieses Opfer nicht die gebührende Aufmerksamkeit fand und mehrfach klingeln mußte. Margret umarmte ihn mit dem Jubelschrei: «Da sind Sie ja!», worauf er ausgesprochen frostig reagierte. «Wohl gestern abend 'n bißchen lange gefeiert», sagte er und schob sie unwillig von sich. «Zeigen Sie mir mal lieber das Badezimmer.»

Dank Heinerles Begeisterung hielt nun aller

Schnickschnack, der längst auf den Boden verbannt worden war, wieder Einzug ins Wohnzimmer: Adventskalender, leicht angekokelte Transparente, eine Weihnachtspyramide, ein grimmig aussehender, dickbäuchiger Nußknacker, Papierservietten, auf denen Engelchen Ringelreihen tanzten, eine mit Sternchen und Weihnachtsbäumchen bestickte Weihnachtsdecke und natürlich alles, was eine Tanne schmückt: bunte Kugeln, Lametta, Kerzenhalter und ein Weihnachtsstern. Auch die bürgerliche Küche kam wieder zu ihrem Recht. Denn Heinerle ging nichts über ein üppiges sonntägliches Essen, wozu auch der anschließende lange Verdauungsspaziergang mit Margret und Herrn Helms gehörte.

Zunächst nahm Frau Helms nur ihrer Tochter zuliebe dieses Kreuz auf sich und war bereit, wieder in ihre Hausfrauenpuschen zurückzuschlüpfen und sich an den Herd zu stellen. Doch dann mußte sie bei allem Seufzen und Stöhnen insgeheim zugeben, daß es ihr auch Spaß machte, von den beiden Männern so viel Lob einzuheimsen und mit entzückten Ausrufen wie «Riecht es nicht einfach herrlich?» belohnt zu werden. Aber gleichzeitig verwilderten auch alle guten Sitten im Haus, vor allem was die Ordnung betraf. Und so blieb es nicht aus, daß die Weihnachtszeit nach langer, langer Zeit wieder zu einem richtigen Familienstreß ausartete, zumindest was die Vorbereitungen betraf. Dafür war alles so perfekt und stimmungsvoll, als hätte man eine Weihnachtsgeschichte aus einem alten Schulbuch kopiert. Das ganze Haus glänzte, funkelte und strahlte, und die um das Festmahl versammelte Familie schlürfte wohlig die mit vielen Kräutern angerichtete Bouillon, schmatzte die mit allerlei Köstlichem gefüllte Pute in sich hinein und verschlang den mit Schokoladenkrümeln und Sahnehäubchen verzierten Nachtisch.

Heinerle war selig. Er ließ Spätzchen, das nun wieder Püppi hieß, auf seinen Knien reiten, sang dazu «Hoppe, hoppe Reiter» und rief: «Margret, deine Mutter ist wirklich spitzenmäßig!» Ein Lob, dem sich zu Frau Helms' Zufriedenheit auch ihre Familie anschloß. Und so nahm sie es gelassen hin, daß sie mal wieder allein in der Küche stand, weil alle verschwunden waren, und daß jeder sich erst zur Kaffeetafel pünktlich wieder einfand.

Im Laufe des neuen Jahres ließen sich Margret und Heinerle nicht mehr ganz so häufig blicken, was Frau Helms einerseits ganz recht war, sie andererseits aber auch ein wenig beunruhigte. Aber als die beiden dann in ihrer Gegenwart weitreichende Zukunftspläne schmiedeten, verschwand ihre Sorge. Sie empfand bei aller wachsenden Sympathie für ihren, wie es ja nun schien, zukünftigen Schwiegersohn sogar eine gewisse Erleichterung, als die beiden ihnen mitteilten, daß sie diesmal das Weihnachtsfest mit einem Skiurlaub verbinden und nach Österreich fahren wollten. Dafür beschloß das Ehepaar, zu Haus zu bleiben, obwohl auch Püppi nicht in Sicht war, weil ihre Eltern ebenfalls verreisen wollten.

Zunächst machte Herr Helms den zaghaften Versuch, dieses wundervolle Weihnachten vom vorigen Jahr, wenn auch nur zu zweit, wieder aufleben zu lassen, vor allem was das Essen betraf. Aber damit biß er auf Granit, und so fügte er sich darein, seine Frau, wie früher auch, in ein edles Restaurant auszuführen. Ein Weihnachtsbaum war das Äußerste, was Frau Helms ihm zugestand. Selbstverständlich hatte er ihn auszusuchen und zu schmücken. Sogar die Süßigkeiten und die kleinen Schweinereien wie Gänseleberpastete oder Lachs mußte er selbst besorgen. Auch im Haushalt war seine Hilfe wieder Pflicht. Aber er war ein verständnisvoller, einsichtiger Mann, und so herrschte am Heiligabend volle Harmonie. Das Gespräch plätscherte zwischen «Frau Holle», einer Reportage über das Weihnachtsfest in den neuen Bundesländern, der Ansprache des Bundeskanzlers und «Schlafe, mein Prinzchen, schlaf ein» friedlich dahin. Frau Helms unterhielt sich mit ihm über Püppi, die nun Mäusle gerufen wurde und deren Intelligenz mit der keines anderen Kindes vergleichbar war, und Herr Helms sprach von den Sielgebühren, die jedes Jahr teurer würden. Während er dabei mit der Fernbedienung durch die Programme zappte und gerade Schlittengeläut zu hören war, klingelte es an der Haustür.

«Das werden die Nachbarn sein», sagte Herr Helms und erhob sich. «Sie wollen uns ein frohes Fest wünschen.» Er ging zur Tür. Aber es waren nicht die Nachbarn. Es war Heinerle, und er sah ziemlich mitgenommen aus.

«Mein Gott, Junge, was ist denn passiert?» rief Frau Helms, die ihrem Mann gefolgt war, erschrocken.

Er schüttelte stumm den Kopf.

«Nun laß ihn doch erst mal reinkommen», sagte Herr Helms.

Sie brauchten Heinerle nicht lange zu bedrängen. Es sprudelte nur so aus ihm heraus. Margret hatte ihn Knall auf Fall verlassen, mit einem Hotelgast, von einem Tag auf den anderen. «Nur einen Zettel hat sie mir hinterlassen, und da stand etwas ganz Merkwürdiges drauf.»

«Um Himmels willen, was denn?» riefen die Helms'.

«Liebe lud mich ein.»

Margrets Eltern sahen sich an. «Nur dieser eine Satz?»

Heinerle nickte, und Herr Helms erinnerte sich plötzlich wieder, daß ihn seine Tochter mit diesem Zitat, das sie aus irgendeinem Gedicht hatte, schon bei dem Briefträger und dem Sanitäter von den Johannitern halb wahnsinnig gemacht hatte. Frau Helms wollte wissen, wohin Margret gefahren war. Vielleicht würde sie sich ja in den nächsten Stunden bei den Eltern melden.

«Das glaube ich kaum», sagte Heinerle resigniert. «Sie ist nach Ägypten geflogen.» Er tat einen tiefen Seufzer und blickte Frau Helms ebenso unglücklich wie vertrauensvoll an. «Hättest du vielleicht eine Kleinigkeit für mich im Kühlschrank? Ich hab seit heute früh nichts mehr gegessen.»

Frau Helms strich ihm tröstend über das Haar. «Schauen wir mal», sagte sie mitleidig. Merkwürdig vergnügt ging sie in die Küche, drapierte Schinken und Wurstscheiben säuberlich auf einer Platte, schnitt Käse, garnierte ihn mit Radieschen und Weintrauben und summte leise vor sich hin, während aus dem Fernseher eine Stimme zu hören war, die die Weihnachtsgeschichte vorlas. «Und der Engel sprach zu ihnen: ‹Fürchtet euch nicht, siehe, ich verkündige euch große Freude.›» Herr Helms war in die Küche gekommen und sah ihr etwas säuerlich zu, wie sie das Butterstück in ein Kunstwerk aus Röschen, Ornamenten und Treppchen verwandelte.

«Gibst dir ja viel Mühe», bemerkte er spöttisch. «An Margret denkst du wohl gar nicht.»

«Soll sie doch in einem Harem landen.» Seine Frau blitzte ihn an. «So einen netten Jungen hat sie gar nicht verdient.»

«Ein kleines Steak wär vielleicht auch nicht schlecht!» rief Heinerle aus dem Nachbarzimmer, und es hörte sich an, als habe ein Entenküken nach langem Umherirren endlich ein Paar Flügel gefunden, unter die es schlüpfen konnte.

3 Der Zwischenraum

Die Vorfreude auf Weihnachten wurde Vater regelmäßig von zwei Ärgernissen vergällt: Seine Auftraggeber ließen sich besonders viel Zeit mit dem Architektenhonorar, und Tante Berta kam zu Besuch. Sie bestand nun einmal unerbittlich darauf, das Weihnachtsfest in ihrem geliebten Elternhaus zu verbringen. «Warum fährt sie nicht mal woanders hin oder bleibt einfach wie andere Leute zu Haus?» räsonierte Vater.

«Sie hat eben einen ausgeprägten Familiensinn», nahm Mutter ihre Schwester in Schutz, «und hängt an diesem Haus, vergiß das nicht.»

«Wie könnte ich», sagte Vater verbittert, der darunter litt, daß er nicht gerade zu den erfolgreichsten Architekten zählte, so daß meist Ebbe in der Kasse herrschte und an das Traumhaus, das er uns so gern gebaut hätte, nicht zu denken war.

Mutter versuchte, die Wogen zu glätten. «Ohne Berta hätten wir uns vielleicht nie kennengelernt.» Vater war mit Tante Bertas Mann,

Onkel Philipp, befreundet und sein Trauzeuge gewesen.

Vater reagierte nicht so charmant, wie Mutter es hätte erwarten können. «Dann wäre mir wenigstens diese Nervensäge erspart geblieben», grummelte er.

Mutter gab zu, daß ihre Nichte Klein-Doro tatsächlich etwas anstrengend war, und das wollte für unsere herzensgute Mutter was heißen, die, wie Freunde und Nachbarn uns immer wieder versicherten, die großzügigste, hilfsbereiteste, selbstloseste, geduldigste Person war. Ständig krabbelten, schnüffelten oder jammerten fremde, von ihren Müttern bei uns abgeladene Gören durchs Haus und scheuten nicht davor zurück, bis in Vaters Arbeitszimmer vorzudringen, von wo er sie nur mit dem Lineal verjagen konnte. Dazu gesellten sich mickrige, klagend herumstreichende Katzen, Goldfische in stinkenden Aquarien, aufgeregt kreischende Wellensittiche und im Käfig herumflatternde Kanarienvögel, die mit ihrem ewigen Gepiepse zu fragen schienen: «Wo bin ich hier, wo bin ich hier?» Auch eine Schildkröte gehörte häufig dazu, über die man dauernd stolperte – und Onkel Heinrich aus der Rosenstraße. Seine Tochter schickte ihn uns kurzerhand zum Mittagessen, wenn sie ihn für eine Weile los sein wollte. Er war ein rüstiger alter Herr, nannte unsere Mutter «mein Mädchen» und begann jeden dritten Satz mit «als ich in eurem Alter war»: «Als ich in eurem Alter war, mußte ich aber mehr ran.» Und es folgte die übliche Aufzählung der damaligen Pflichten eines Kindes: Herd heizen, Wasser holen, Briketts im Keller stapeln. Dann nahm er dreimal von dem Obstsalat, den ich morgens in aller Frühe zubereitet hatte, statt mich noch im Bett zu räkeln, denn ich mußte erst eine Stunde später in die Schule. Ingrimmig hatte ich Apfelsinen und Äpfel geschnitten, Kirschen und Pfirsiche entkernt, Nüsse gehackt, alles nur, um Mutter zu entlasten, die trotz einer heftigen Migräne, den Eisbeutel mit der linken Hand auf dem Kopf festhaltend, Frühstück für uns machte.

Natürlich hätte Mutter nie etwas von uns verlangt, nie auch nur mit einem Wort angedeutet, daß sie sich miserabel fühlte. Aber die Art, wie sie anfing, durch die Räume zu taumeln, ja sich geradezu aufzulösen schien, tiefe Schatten unter den Augen bekam, wie ihre Stimme nur noch ein Hauch war und sie uns geistesabwesend zuhörte, sprach für sich. Was blieb da meiner Schwester und mir anderes übrig, als, mit dem Schicksal hadernd, ihre voreilig gegebenen Versprechungen und Zusagen einzulösen, damit ihr Image, ein einmalig guter Mensch zu sein, nicht gefährdet wurde.

Ehrlich gesagt, insgeheim hätten wir oft nichts dagegen gehabt. Wir fanden, Mutters Wohltätigkeit ging reichlich auf unsere Kosten. Und einmal platzte mir tatsächlich der Kragen. Das war, als ich an einem herrlichen Sommertag, anstatt meine Freizeit mit anderen aus meiner Klasse in der Badeanstalt zu verbringen, die häßliche Promenadenmischung unserer Nachbarin, umkreist von lästigen Rüden, Gassi führen mußte. Unter ständigem Rufen: «Wirst du wohl!», «Hau ab, du Köter!», «Weg mit dir!» versuchte ich mich ihrer vielen leidenschaftlichen Verehrer zu erwehren und rannte, sie hinter mir herzerrend, wütend die Straße entlang. Als ich dann auch noch erfuhr, daß mein Schwarm Rüdiger, blondgelockt, muskelstark, wenn auch ziemlich o-beinig, sich herabgelassen hatte, in meiner Abwesenheit anzurufen, verflog das Mitleid mit meiner leidenden Mutter endgültig. Ich machte ihr eine fürchterliche Szene und rief anklagend: «Du bist auch nicht besser als Tante Berta!»

Damit hatte ich den Nagel auf den Kopf getroffen. So verschieden sie sonst waren, aber die Kunst, ihren Willen durchzusetzen, beherrschten sie beide perfekt. Mutter hatte auf ihre sehr subtile Weise die Familie unterm Daumen. Bei Tante Berta waren es mehr die Männer, die nach ihrer Pfeife tanzten. So hatte sie das Kunststück fertiggebracht, den attraktiven und charmanten Onkel Philipp zu heiraten, ohne dabei den zweiten, sie heftig umwerbenden Verehrer völlig zu entmutigen, den sie statt dessen als Hausfreund behielt, in allen Ehren natürlich. Wenn man den guten Onkel Ekkehard so sah, ein wenig kurz geraten, mit seinem gedrungenen Hals, bei dem es ihm Mühe machte, die Krawatte anständig zu binden, war es ihr bestimmt nicht schwergefallen, sich für Onkel Philipp zu entscheiden. In ihrem Abschiedsbrief an Onkel Ekkehard hatte es jedoch etwas anders geklungen. Da war mehr davon die Rede gewesen, daß Philipp ihr mit Selbstmord gedroht habe, wenn sie ihn nicht erhöre. Philipp nannte Ekkehard einen netten Burschen und partizipierte nicht ungern an seinen vielen großzügigen Gefälligkeiten, wobei er besonders sein Domizil in Südfrankreich schätzte, das er dem Ehepaar, wann immer sie wollten, zur Verfügung stellte. Es war ein langgestrecktes, klassizistisches Landhaus, das Vater immer wieder aufs neue entzückte, wenn er die Fotos sah. Onkel Philipp lobte denn auch den «getreuen Ekkehard» in höchsten Tönen und ermunterte ihn sogar, sich während seiner Abwesenheit um seine Frau zu kümmern. Vater gegenüber verwunderte er sich allerdings gelegentlich, daß Ekkehard nicht die Konsequenz aus ihrer Heirat gezogen hatte und Berta weiter anhimmelte, als gäbe es noch eine Chance. Er ahnte natürlich nichts von der dramatischen Rolle, die sie ihm in ihrem Abschiedsbrief an Ekkehard zugeteilt hatte, wogegen Ekkehards Sekretärin den Brief heimlich las und heiße Tränen über diese tragische Liebesgeschichte vergoß. Dabei war Philipp nicht besonders scharf darauf gewesen, sein Junggesellenleben so schnell aufzugeben. Aber seine zukünftigen Schwiegereltern machten ganz schön Druck, und er sah schließlich ein: Frauen wollten nun mal irgendwann geheiratet werden und sich ein Nest bauen. Und er war viel zu träge, um sich dem lange zu entziehen.

Dafür stand Tante Berta, nachdem sie erreicht hatte, was sie wollte, alles doch wie ein Berg bevor, und sie war froh, daß Ekkehard weiterhin mit Rat und Tat zur Stelle war und sogar später in schwierigen Situationen, wie zum Beispiel kleinen Schulden hier und da, von denen Philipp nichts wissen durfte, ritterlich einsprang. Eine Schönheit war Onkel Ekkehard zwar nicht, und er hatte noch dazu die Angewohnheit, sich wie sein eigener Großvater zu kleiden, aber er war, wie Mutter, eben ein guter Mensch, und jeder Gedanke, daß Berta ihn vielleicht ausnutzen könnte, lag ihm fern. Diese bezaubernde Person brauchte ihn. Und war es nicht das schönste Gefühl überhaupt, gebraucht zu werden? Wenn

Mutter unserem Vater mit dieser Begründung kam, sagte Vater jedesmal: «Na, vor allem braucht sie sein Geld.» Mit Philipps Gehalt allein könne sie nicht so große Sprünge machen.

Im Gegensatz zu unserem Vater mochten wir Tante Berta ganz gern. Sie war immer fröhlich, gestattete uns großzügig, den Inhalt ihres Schminkköfferchens zu benutzen, und genoß sichtlich unsere Bewunderung, wenn sie, wohlfrisiert und wohlduftend, in einem ihrer Modellkostümchen ihren Auftritt hatte. Das Urteil über ihre Mitmenschen fällte sie in wenigen Worten, je nachdem, wie sich die betreffende Person ihr gegenüber verhielt. Wer sich ihrem Charme nicht entziehen konnte und ihr selbstlos zu Diensten war, wurde mit dem Lob «rührend» bedacht, wer ihre Winke ignorierte, bekam das Prädikat «recht simpel». Mit dem, der sich nach einiger Zeit ihren Wünschen zu entziehen versuchte, «war auch nicht mehr viel los», und wer womöglich jede Hilfe direkt verweigerte, wurde als «Krämerseele» bezeichnet, wobei die Krämerseele bei einigem guten Willen durchaus die Chance hatte, zu einem «rührend» zu avancieren. Nur Onkel Ekkehard blieb konstant, was er ja nun wirklich auch war: «Zu rührend.» Insofern fand Vater, sie könne das Weihnachtsfest ja auch mal in Ekkehards Landhaus verbringen.

«Will sie aber nicht», sagte Mutter.

«Ich weiß, ich weiß, die Reise. Obwohl Ekkehard den beiden bestimmt die erste Klasse spendiert und es in diesem wundervollen Landhaus einen Haufen Personal gibt.»

«Familie bedeutet ihr eben viel.» Mutter hatte es nicht gern, wenn Vater auf ihrer Schwester herumhackte. «Irgendwie rührend.»

«Bitte nicht dieses Wort», sagte Vater. «Na ja, dann müssen wir in den sauren Apfel beißen und noch mehr zusammenrücken.»

Das mußten wir wirklich. Denn am ersten Feiertag pflegte auch noch Onkel Ekkehard aufzukreuzen, so daß, wie Vater sich ausdrückte, die Bude wirklich voll war. Acht Personen quetschten sich in das kleine Haus mit dem einen Bad, und ich mußte Kusine Doro mein Bett abtreten und mit meiner Schwester ein Mansardenzimmer teilen. Die Gäste blockierten das Badezimmer und marterten Vater mit ihren aufgeregten Stimmen. «Müssen wir uns das antun?» fragte er grimmig, ehe er sich schließlich in sein Schicksal ergab.

Und so wurde Jahr für Jahr dasselbe Theaterstück aufgeführt mit demselben Bühnenbild und denselben Dialogen. Als erstes zeigte sich Mutter als Opferlamm. Sie behauptete, ihr mache es nichts aus, länger aufzubleiben, um Tante Berta und Onkel Philipp in Empfang zu nehmen, was eine glatte Lüge war, denn Mutter stand gern früh auf und ging dementsprechend früh ins Bett.

«Kommt überhaupt nicht in Frage», sagte Vater. «Trotzdem wird man ja wohl fragen dürfen, warum diese Herrschaften immer erst kurz vor Mitternacht bei uns eintrudeln anstatt zu vernünftiger Zeit.»

«Weil dann die Autobahn nicht so voll ist», sagte Mutter. «Das ist doch jedes Jahr so.»

Natürlich mußte es für die hungrigen Reisenden noch zu später Stunde einen kleinen Imbiß geben, und so wartete Vater am Dreiundzwanzigsten abends mißgelaunt mit Mutter auf ihre Ankunft.

Ein weiteres Ärgernis war, daß Tante Berta Mutters mit viel Liebe eingerichtetes Gastzimmer in eine qualmende Höhle verwandelte, die hübsche Tischdecke bereits zwei eingebrannte Löcher aufwies und der flauschige Teppich im Badezimmer mit Nagellack besprenkelt war. Noch Tage nach ihrer Abreise hing der kalte Rauch in allen Zimmern, und solange sie da waren, weckte uns nachts oft Bertas trillerndes Lachen und der laute Ruf: «Mein Teddybär!»

«Mein Teddybär war wohl heute nacht wieder sehr aktiv», pflegte Vater dann gähnend beim Frühstück zu sagen, das wir meist ohne unsere Gäste einnahmen, denn Tante Berta und Onkel Philipp schliefen gern bis in die Puppen. Schließlich war Weihnachten, und sie hatten die Ruhe dringend nötig. «Vor allen Dingen», bemerkte Vater sarkastisch, «euer Onkel, wo er doch so hart arbeitet.» Der Onkel war nämlich in irgendeiner Kommission tätig, deren Hauptaufgabe darin bestand, durch die Lande zu reisen und in teuren, in schönen Gegenden gelegenen Hotels zu tagen.

«Teddybär», wiederholte Vater gedankenverloren. «Philipp ist wirklich ein Gemütsmensch. Ich für meine Person könnte gut darauf verzichten, Bertas Teddybär zu sein.»

«So, so», sagte Mutter, «das Liebesleben meiner Schwester scheint dich ja sehr zu beschäftigen.»

«Nicht so sehr wie unsere Nichte Klein-Doro. Ich habe sie mitten in der Nacht im Haus herumrascheln hören und mich gefragt, was sie eigentlich sucht.»

«Sie ist eben immer die erste auf den Beinen.»

Meine Schwester und ich lachten. Die Frühaufsteherin, die jedem, der es hören wollte, mit tragischer Stimme mitgeteilt hatte, sie werde bestimmt eines Tages Zucker bekommen und sterben, sie habe schon überall Pickel und das sei ein sicheres Zeichen für diese Krankheit, war wahrscheinlich auf der Suche nach Süßigkeiten gewesen.

«Kinder, kuckt mal, ob die Marzipanbrote noch im Geschirrschrank liegen», bemerkte Mutter, während sie nach einem verlegten Geschenk suchte.

«Keine Marzipanbrote», meldeten wir.

«Hab ich's mir doch gedacht. Gott sei Dank, hier ist es.» Sie zog erleichtert ein kleines Päckchen hinter einem Sofakissen hervor.

Der Heiligabend selbst verlief immer recht harmonisch. Wir sahen großzügig darüber hinweg, daß auf den bunten Tellern die Marzipanbrote fehlten, daß Klein-Doro ständig mit einer Wunderkerze vor unseren Gesichtern herumfuchtelte und Vater, der ein schlechter Verlierer war, beim Kartenspiel behauptete, wir mogelten. Düster ließ er den Blick über die Familie schweifen. «Einfach zu viele Frauen hier, Philipp, findest du nicht? Ich denke, wir lassen die Damen mal unter sich und besuchen mein Refugium.» Sein Refugium war ein kleiner Weinkeller, und Onkel Philipp zeigte sich hocherfreut über diesen Vorschlag.

Sie blieben fast eine Stunde weg, kehrten aber dafür gutgelaunt zu uns zurück und waren sogar bereit, Tante Bertas endlose, weder einen rechten Anfang noch ein Ende aufweisende Geschichten über sich ergehen zu lassen, die eines gemeinsam hatten, nämlich daß Tante Berta darin die Hauptrolle spielte.

«Eure Tante ist der Mittelpunkt der Welt und steht damit allen im Wege», pflegte Vater zu sagen. Doch davon abgesehen, war es schwierig, ihren sprunghaften Gedankengängen zu folgen. Fand man sich eben noch im Keller ihres Hauses, war man im nächsten Satz schon am Nordseestrand, wo Tante Berta fürchterlich von einer Qualle zugerichtet worden war.

«Mein Gott, tat das weh! Und mein Bein sah aus, als hätte ich es gegrillt! Aber der Rettungsschwimmer, dieser rührende Mensch, verließ seinen Posten, um in der Apotheke etwas Kühlendes für mich zu holen. Und ich mit mindestens vier Koffern! Ich war verzweifelt!»

«Wie kamen denn die an den Strand von Norderney?» Vater, der die Geschichte schon auswendig kannte, spielte den Verwirrten.

«Wieso Norderney? Ich spreche von meiner Reise nach Frankreich. Da stand ich nun mit meinem Gepäck und meinem quengelnden Liebling. Und das alles nur, weil Philipp, anstatt mir zur Seite zu stehen, mal wieder mit seiner dämlichen Kommission unterwegs war und erst später nachkommen wollte. Ihr kennt doch mein Reisefieber, immer die Angst, den Zug zu verpassen oder keinen Sitzplatz zu bekommen oder die Tür nicht rechtzeitig aufzukriegen. Sicher, ich hätte mir ein Taxi nehmen können, aber Taxifahrer sind so eine Sorte für sich. Mit denen ist meistens nicht viel los. Da ist mir glücklicherweise noch rechtzeitig mein Masseur eingefallen. Der rührende Mensch hat seine Praxis im Stich gelassen und ist sofort gekommen, um mich zum Bahnhof zu bringen.» Dann, zu Mutter gewandt: «Erinnerst du dich noch, wie er mir immer unauffällig die Lösung der Matheaufgaben ins Ohr geflüstert hat? Glatt die Stellung hätte ihn das kosten können. Wirklich eine Ausnahme unter den Lehrern. Seine Kollegen waren ja eher etwas simpel, vor allem der Direktor.»

«Jetzt verstehe ich überhaupt nichts mehr!» rief Vater. «Vielleicht klärt mich mal jemand auf. Der Masseur war also dein früherer Mathelehrer!»

Berta sah ihn ärgerlich an. «Das ist doch wieder eine ganz andere Geschichte! Du hörst nie richtig zu!»

Vater entschuldigte sich hastig. «Du hast recht. Ich bringe alles durcheinander. Ich bin eben auch ein wenig simpel.»

Wir lachten, und Tante Berta kuckte pikiert. «Wie schön, daß ich euch alle so erheitert habe.» Sie sah auf ihre noble, mit Brillanten besetzte Armbanduhr, eins von Onkel Ekkehards kleinen Geschenken, und sagte: «Ich für meine Wenigkeit gehöre jetzt ins Bett. Die lange Fahrt gestern war doch recht anstrengend, und mit Philipps Fahrkünsten ist auch nicht viel los.»

«Erlaube mal», sagte Onkel Philipp. Aber sie war zu sehr damit beschäftigt, ihre in den Anblick ihrer Pickel vertiefte Tochter von unserem hübschen Barockspiegel wegzubekommen, nicht ohne darauf hinzuweisen, daß der Spiegel eigentlich ihr gehöre, aber sich wirklich an diesem Platz sehr gut mache.

«Ich komme gleich nach!» rief Philipp und goß sich noch schnell von dem aus dem Keller heraufgebrachten Rotwein ein. Er sah Vater betrübt an. «Ich wäre gern noch ein bißchen geblieben. Aber du kennst ja Berta. Sie braucht nun mal ihren Schönheitsschlaf, und wenn ich später komme, beklagt sie sich wieder, daß ich sie geweckt habe.»

«Das läßt sie sich doch von dir ganz gern», sagte Vater. «Jedenfalls haben wir so den Eindruck.»

Der Onkel lächelte etwas verlegen, leerte hastig sein Glas und verließ uns.

«Endlich, endlich sind wir mal allein!» rief Vater und riß sämtliche Fenster auf, um den Zigarettenrauch zu vertreiben.

«Pscht!» warnte Mutter. «Man kann dich ja bis in den Flur hören.»

Danach wurde es so richtig gemütlich. Mutter zauberte plötzlich jede Menge Marzipanbrote hervor, Vater zündete noch einmal die Kerzen am Weihnachtsbaum an, und dann zeichnete er jedem von uns ein herrliches Haus; unseren individuellen Wünschen waren keine Grenzen gesetzt. Ich bekam natürlich mein Schloß Manderley aus Daphne du Mauriers Roman «Rebecca» mit seinen Zimmerfluchten, den kreisenden Tauben über dem Dach und einem riesigen Park, in dem Vater Strich für Strich die von Rhododendren gesäumten, verwinkelten Pfade hinunter zum Meer markierte. Doch statt Maxim de Winter im schnittigen Cabriolet knatterte mein Schwarm aus der Schule mit seinem Mofa den Kiesweg zum Schloß hinauf.

Meine Schwester war bescheidener als ich. Für sie zeichnete Vater lediglich ein schmuckes Fachwerkhaus auf dem Lande mit einer Tenne, Balken aus Eiche und einem Strohdach. Pingelig, wie sie war, wollte sie dauernd etwas geändert haben, was Vater gehorsam tat. Mutter wünschte sich nur einige Verbesserungen an unserem Haus. Ein zweites Badezimmer zum Beispiel, einen vernünftig ausgebauten Keller, einen Wintergarten, eine kleine Terrasse, ja, vielleicht sogar ein zusätzliches Zimmer für sie ganz allein. «Kein Problem», beteuerte Vater und machte sich ans Werk. Mutter sah ihm dabei über die Schulter.

Doch nachdem die Rotweinflasche fast leer war, folgte er seinen eigenen Träumen und machte sich mit der üblichen Begeisterung über Onkel Ekkehards Landhaus in Frankreich her. Es gab ja da noch so viele Möglichkeiten zum Verbessern.

Mutter gähnte verstohlen. «Wunderbar, wunderbar», sagte sie schließlich. «Aber nun, glaube ich, gehen wir auch ins Bett. Ausschlafen können wir nicht.»

«Richtig.» Vater legte bedauernd den Zeichenstift weg. «Onkel Ekkehard steht uns ja schon in aller Herrgottsfrühe auf der Matte.»

«Mehr mir als euch», sagte Mutter. Und so war es dann auch. Während wir noch schliefen, bereitete Mutter bereits das Frühstück für ihn.

Onkel Ekkehard traf pünktlich ein. Seine mit hoher Stimme vorgebrachten Klagen über die unglaublichen Zustände deutscher Schlafwagen durchdrangen unseren Morgenschlaf und ließen sogleich herrliche Phantasien von wunderbaren Geschenken erstehen: sprechende Puppen, Perlenohrringe oder bezaubernde Figürchen aus Glas, die wir sammelten. Bis Tante Berta die Bühne betrat, begleitete er unsere Mutter auf Schritt und Tritt, um ihr sein Herz auszuschütten. Nicht einmal vorm Badezimmer machte er halt, so daß Mutter ihm erst vorsichtig zu verstehen geben mußte, daß dieser Ort vielleicht für ein gemeinsames Gespräch nicht ganz passend sei.

Bei dem durch vieles Kommen und Gehen sich hinstreckenden Frühstück ließ Vater seinen Blick über Gäste und Familie schweifen und sagte wie immer: «Seid mir gegrüßt, ihr Völkerscharen.» Onkel Ekkehard murmelte verschämt etwas von gütiger Gastfreundschaft, und dann beherrschte Tante Berta wieder die Szene. Ekkehard, dessen Redefluß Mutter noch eine halbe Stunde zuvor kaum hatte bremsen können, verwandelte sich nun in einen aufmerksamen Zuhörer, der hingerissen Bertas Platitüden lauschte und an den richtigen Stellen herzlich lachte. Unsere Tante war gut in Form. Sie funkelte und strahlte und roch ebenso gut wie unser Weihnachtsbaum, so daß sogar Vater seinen Blick wohlwollend auf ihr ruhen ließ. Onkel Philipp nahm es nachsichtig zur Kenntnis. Er hatte es nicht ungern, seine Frau im Mittelpunkt zu sehen. So herrschte eine aufgeräumte Stimmung, nur Mutter sah aus, als habe sie wieder dringend einen Eisbeutel nötig. Anschließend schlug Vater als guten Appetitanreger für die bevorstehende Pute einen ordentlichen Spaziergang vor, an dem Mutter selbstverständlich nicht teilnehmen konnte, denn das brutzelnde Tier mußte ständig begossen werden.

So verlief das Fest programmgemäß, bis die Gäste am zweiten Feiertag abfuhren.

Ein Jahr später änderte jedoch das Schicksal die Regie, was sich allerdings erst zum Schluß des Stückes bemerkbar machte. Zunächst schien alles wie immer, außer daß Onkel Ekkehard etwas schlanker geworden war und vielleicht etwas zerstreuter als sonst. Jedenfalls mußte er bei der Auswahl der Geschenke nicht so ganz bei der Sache gewesen sein. So bekam ich mit meinen dreizehn Jahren einen Schulranzen, einen Gegenstand, den ich schon lange nicht mehr trug, wenn auch aus feinstem Leder, meine ein Jahr jüngere Schwester, in der Lektüre inzwischen bei Liebestragödien angelangt, ein Buch von Karl May, Mutter etwas, woran im Haus kein Mangel herrschte: Serviettenringe, Tante Berta, der schon ein Gang in die Küche wie ein Berg bevorstand, ein Kochbuch, Vater, der eingefleischte Nichtraucher, eine kostbare Pfeife und der grundsätzlich nur Pyjamas tragende Teddybär Philipp ein knöchellanges Nachthemd. Auch schenkte er Tante Berta zum ersten Mal nicht die gewohnte Aufmerksamkeit. Er hockte viel mit Vater zusammen und ließ sich von ihm auf dem Papier alle Wünsche erfüllen, um das edle Landhaus in Südfrankreich noch schöner herauszuputzen. Vater war ganz in seinem Element und gestand Onkel Ekkehard zum ersten Mal, wie fasziniert er von diesem herrlichen Stück Architektur sei und was für ein Brillant Ekkehard sozusagen in den Schoß gefallen war, der natürlich nur hier und da noch ein bißchen Schliff vertragen konnte. Er entwarf und zeichnete und redete, und Mutter zitierte Morgenstern: «Es war einmal ein Lattenzaun, / mit Zwischenraum, hindurchzuschaun. / Ein Architekt, der dieses sah, / stand eines Abends plötzlich da – / und nahm den Zwischenraum heraus / und baute draus ein großes Haus.»

Onkel Philipp lachte, Tante Berta jedoch verzog etwas säuerlich das Gesicht, wahrscheinlich weil ihr Onkel Ekkehard diesmal nicht genug Beachtung schenkte, und meinte nur: «Papier ist geduldig», zeigte sich aber später Mutter gegenüber ungewohnt besorgt: «Hoffentlich hat der Gute keine finanziellen Probleme und muß das Haus womöglich verkaufen.»

Die beiden Männer machten lange Spaziergänge durch die Winterlandschaft, und Vater erklärte und zeichnete im Schnee weiter.

An diesem denkwürdigen Feiertag hielt Onkel Ekkehard beim Mittagessen zum ersten Mal eine Rede. Er bedankte sich in rührenden Worten für unsere jahrelange Gastfreundschaft, die er eigentlich gar nicht verdient habe. Und es kam uns vor, als hätte er Tränen in den Augen.

Zwei Monate später gab es den getreuen Ekkehard nicht mehr. Er war ganz allein gestorben, ohne jemanden mit seinem Tod zu behelligen. Wie sich bei der Testamentseröffnung herausstellte, ging das gesamte Vermögen an eine Stiftung. Tante Berta erbte lediglich ein wertvolles Kollier und Vater etwas, mit dem niemand gerechnet hatte: das Landhaus in Südfrankreich!

Bald darauf sagte sich Tante Berta bei uns an. Vater murmelte sogleich etwas von einer unumgänglichen Geschäftsreise, und Mutter sagte sehr bestimmt: «Die wird sich sicher verschieben lassen», womit dieses Thema vom Tisch war.

Tante Berta erschien allein. Blaß und in sich gekehrt saß sie beim Abendbrot, ohne das Testament nur mit einem Wort zu erwähnen. Plötzlich sprang sie auf und verließ schluchzend das Zimmer. Mutter folgte ihr mitfühlend.

Tante Berta saß weinend auf dem Bett im Gästezimmer, die Kopie ihres Abschiedsbriefes an Ekkehard in der Hand. Mit bebender Stimme las sie ihn Mutter Satz für Satz vor, nicht wissend, daß dank Ekkehards Sekretärin bis auf den ahnungslosen Teddybären jedermann in der Familie darüber informiert war. Als sie ihn beendet hatte, seufzte sie tief. «Ach, wenn du wüßtest, wie sehr ich ihn geliebt habe! Ohne ihn steht mir mein Leben wie ein Berg bevor.» Und Mutter glaubte ihr aufs Wort.

4 Ich und meine Oma und die Liebe

Ich und meine Oma wissen, wie das Leben ist, nämlich spannend. Aber Mama macht aus dem Wort gleich wieder was Unerfreuliches. Sie sagt «gespannt»: «Ich bin ja nun wirklich mal gespannt, wann du lernst, pünktlich zu sein, dich an deine Schularbeiten setzt und endlich deine Dankbriefe für die Geburtstagsgeschenke schreibst.» Aber noch mehr gespannt ist sie, ob Oma in diesem Leben noch vernünftig wird.

«Glaubst du an ein Leben nach dem Tode?» fragt Papa.

Mama sieht ihn verdutzt an. «Wieso?»

«Weil du von diesem Leben sprichst.»

Ich und meine Oma sind mächtig viel rumgekommen. Sogar in Ägypten waren wir schon, wo doch Maria und Josef hingeflohen sind mit dem kleinen Jesus, und ich durfte sogar auf einem Kamel reiten. Im Hotel war es allerdings doof. «Das habe ich mir nun wirklich ganz anders vorgestellt», hat Oma gesagt. «Die Pyramiden brauchen wir ja nun nicht mehr. Hier sitzen genug Mumien rum.»

Aber dann haben wir einen Herrn kennengelernt, der sah noch recht lebendig aus, und Oma hat gefragt: «Wie findest du den?»

«Mittelprächtig», habe ich gesagt.

Oma hat gelacht. «Mittelprächtig. Du redest schon wie deine Mutter. Na ja, seine Zähne sind vielleicht ein bißchen groß.»

«Und seine Füße auch», sagte ich. «Außerdem hat er Löcher in den Socken.»

«Was du so alles siehst.»

Aber er war dann eigentlich doch sehr nett und hat uns überall rumgefahren, auch in die Wüste. So viel Sand, man glaubt es kaum. Und wir in seinem Auto mittendrin. Aber dann muß er meiner Oma plötzlich dumm gekommen sein. Das, sagt Oma immer, ist typisch für Männer, irgendwann kommen sie einem dumm. Was genau sie damit meint, weiß ich nicht, aber sie hat das immer voll im Griff. Und als sie gesagt hat: «Wir wollen doch nicht albern werden», da wußte ich, es war wieder soweit.

Er hat angehalten und gesagt: «Benzin ist alle, gnädige Frau. Was machen wir jetzt?»

«Na, dann holen Sie eben welches», hat Oma gesagt. Und er ist tatsächlich losmarschiert mit einem Kanister, weiter und immer weiter, bis er nur noch ein Punkt war. Inzwischen ist Oma auf den Fahrersitz gerutscht, hat auf das Armaturenbrett gekuckt, das Auto kurz angelassen und gesagt: «Hab ich mir's doch gedacht!» Dann hat sie sich die Haare gekämmt, den Lippenstift rausgeholt, sich im Spiegel bekuckt und mich beruhigt: «Keine Bange, der kommt schon wieder. Er will uns bestimmt nur einen Schreck einjagen.»

Oma hatte recht. Zehn Minuten später war er wieder zurück, hat uns angegrinst und gesagt: «Kleiner Scherz. Hab die Damen hoffentlich nicht erschreckt.»

«Überhaupt nicht.» Oma hat den Zündschlüssel rumgedreht und Gas gegeben. Und er stand da, völlig verdattert, den Kanister in der Hand. Oma hat dann angehalten, und er ist wieder auf uns zugestapft. Aber kaum war er beim Auto, hat sie wieder Gas gegeben. Das hat sie so zwei-, dreimal gemacht, bis er endlich rein durfte. Und sie hat ihn angelächelt. «Kleiner Scherz. Wir hoffen, wir haben Sie nicht erschreckt.»

Gesagt hat er nichts, nicht einmal protestiert, daß Oma ihn nicht mehr ans Steuer ließ. Aber zum Platzen wütend war er. Ich habe deshalb angefangen zu singen, um wenigstens etwas für Unterhaltung zu sorgen. Das hat ihn noch wütender gemacht. Er hat sich umgedreht und gesagt: «Ach, halt die Klappe!» Und Oma hat gesagt: «Genau das tust du nicht!» Und zu ihm: «Wir wollen doch hier nicht gewöhnlich werden.» Dann hat sie den Motor singen lassen, und wir sind nur so durch die Wüste gebraust. Es war wundervoll.

Als wir wieder zurück waren und ich gleich ins Bett mußte, hat sie mich gefragt: «War es spannend?»

«Sehr», hab ich gesagt.

Sie hat den Finger auf den Mund gelegt. Finger auf den Mund heißt: Mama nichts erzählen. Ich habe genickt und meine Oma doll liebgehabt. Meine Oma, die viel schöner ist als die Barbie-Puppe von Karolin, der dummen Nuß, mit der sie mich nie spielen läßt. Und wenn ich sie nur anfasse, kreischt sie gleich los: «Du machst sie kaputt, du machst sie kaputt!»

Am nächsten Tag hat sich der mittelprächtige Herr nicht mehr blicken lassen. «Wo ist er denn geblieben?» habe ich Oma zugeflüstert. Sie hat gelacht. «Verduftet.»

Ja, meine Oma und ich, wir sind viel rumgekommen. In Mallorca waren wir, in Rom, ja sogar in Walsrode, wo es den Tierpark gibt, und in Paris. Überall haben sich Herren gefunden, die Oma unbedingt beschützen wollten. Erst fand Oma das auch immer ganz schön. Aber dann hat sie nach einer Weile gesagt: «Ich kann gut allein auf mich aufpassen.» Es waren auch richtig nette Herren darunter, die sind uns nicht dumm gekommen. Jedenfalls durften sie bei Oma im Zimmer frühstücken, das hätte sie sonst nie erlaubt. Nicht mal ich durfte das. Ich mußte immer runter ins Restaurant. Einer hat mir sogar Disneyland gezeigt und ein anderer mir eine Barbie-Puppe gekauft. Aber da hat Oma gemeint, die sollte ich besser nicht mit nach Haus nehmen. Ich könnte ja mit ihr spielen, wenn ich sie besuchte.

Ich erlebe so viel mit Oma, und ich kann es Mama nicht erzählen. Papa schon eher. Aber der hat nie Zeit und hört nie richtig zu. Er behauptet, was ich erzähle, hat keinen Anfang und kein Ende, und alles ist wie Kraut und Rüben durcheinander. Er kapiert jedenfalls immer nur die Hälfte. Oma findet das auch. «Dein Vater versteht nur, was er will.» Und das stimmt. Mama hat zum Beispiel mit meiner Gesundheit echt einen Knall. Dauernd muß ich mir die Hände waschen, Süßigkeiten kriege ich kaum, und an Pommes frites und Hamburger darf ich nicht mal denken. Vitamine! Vitamine! Mama kauft sie tonnenweise. Überall steht das Zeugs rum. Dauernd macht sich Mama Sorgen: «Das Kind ist zu dünn, das Kind ist zu dick, das Kind hält sich schlecht, das Kind hat eine Bronchitis nach der anderen, das Kind sackt sich alles auf und ist von Bakterien und Viren bedroht, das Kind muß eine Brille tragen, und an eine Zahnspange müssen wir auch mal denken.»

Ich beklage mich bei Papa. Der lacht nur und

sagt: «Soll ich Mama umtauschen?» Nein, umtauschen soll er sie nicht. Nur, er soll mal mit ihr reden. Leider tut er das Gegenteil, er predigt mich an: Jedes andere Kind würde vor Freude weinen, so eine Mutter zu haben, die sich Sorgen macht, es so gut mit mir meint. Nie läßt sie mich allein, obwohl sie doch manchmal Besseres zu tun hätte, als dauernd auf mich aufzupassen, wo sie doch so jung und hübsch ist und alle Männer sich nach ihr umdrehen. Immer denkt sie nur an das Kind, Tag und Nacht. «Mehr als an dich?» frage ich. Und Papa seufzt: «Da könntest du recht haben.»

«Ist ja wirklich spannend», sage ich. Und er kuckt mich ganz merkwürdig an und sagt: «Na, das finde ich nun wirklich nicht.»

Ein Vater, meint er immer, sollte die Hauptperson sein, das kann er schließlich verlangen, wo er doch dafür sorgt, daß wir nicht verhungern müssen. Und überhaupt, was wir ihn kosten, kaum zu sagen. Das Schwimmbad, der Garten, Mamas und meine Klamotten. «Deine nicht?» frage ich, und er wirft mir einen unfreundlichen Blick zu. «Soll ich vielleicht in meiner Stellung in Anzügen aus irgendwelchen Ramschläden rumlaufen?»

Ich kuschle mich an ihn. «Papa, sind wir reich?»

«Es geht», sagt er. «Wirklich reich ist nur

deine Großmutter.» Und dann erzählt er mir wieder die Geschichte, wie es so gelaufen ist mit meiner Oma und meinem verstorbenen Opa, der sie so wahnsinnig geliebt haben soll. Und ich frage wie immer: «Was war denn mein Opa?»

«Genau genommen ein Spekulant.»

Das Wort zergeht mir auf der Zunge und erinnert mich an Pfefferkuchen.

«Was tut ein Spekulant?» frage ich, wie es zum Spiel gehört.

«Er macht gefährliche Geschäfte.»

Ich nicke. «Spannende?»

«Spannend sind sie bestimmt. Man kann von heut auf morgen arm dabei werden.»

«Oder reich.»

«Oder reich», bestätigt Papa. «Und das ist ja dein Opa dann auch geworden. Deine Mama ist als Kind rumgelaufen wie eine Prinzessin.»

«Und ein Chauffeur mußte sie zum Kindergarten bringen.»

Papa nickt. «Deswegen haben sie die anderen Kinder auch so oft verdroschen.»

«Aber nicht lange», sage ich. «Mama ist stark. Aber du bist stärker.» Ich befühle seine Muskeln. «Wenn du willst, kannst du jeden zu Mus schlagen.»

Er lacht vergnügt. Das gefällt ihm. «Wenn du meinst.» Papa sieht nämlich nicht nur klasse aus, sondern spielt auch klasse Tennis, läuft Ski und ist ein Meister im Tauchen. Und dann kommt wieder die Geschichte von dem halben Kind, das Oma gewesen sein soll, und Mama auch, als sie geheiratet hat. «Das liegt eben in der Familie», sagt Papa, und ich sehe Mama, nicht größer als Karolins Barbie-Puppe, ganz in Weiß in die Kirche gehen und höre die Hochzeitsgäste flüstern: «Unglaublich, ein halbes Kind!»

Dann fängt Papa wieder davon an, was wir doch für teure Damen sind und wie wir sein Geld zum Fenster rausschmeißen. Das sage ich gleich Mama. Die ist empört. «Das ist ja wohl die Höhe! Trag ich etwa mein Scherflein nicht dazu bei?» Und dann erzählt sie mal wieder, wie strapaziös diese Stadtrundfahrten sind, die sie als Fremdenführerin begleitet, dreimal in der Woche. Ich streichle sie und sage: «Arme Mama.» Und dann sage ich noch, wie doll lieb ich sie habe, damit sie gute Laune kriegt. Denn an diesem Adventssamstag will ich unbedingt zu meiner Oma. Die wird nämlich bestimmt einen Stadtbummel mit mir machen und mir tolle Sachen kaufen. Das tut sie meist. Aber Mama sage ich besser davon nichts, wo sie doch so schwer arbeiten muß und immer behauptet, Elinor, wie sie Oma nennt, ist diejenige, die das Geld mit beiden Händen zum Fenster rauswirft, und daß das Leben nicht dazu da ist, sich pausenlos zu amüsieren. Es gibt auch Pflichten gegenüber den Mitmenschen. Und Elinor sollte sich besser um die Probleme der sozial Schwachen kümmern und sich als grüne Dame einem Krankenhaus zur Verfügung stellen oder der Telefonseelsorge. Ach, es gibt so viel, was Elinor tun könnte. Eigentum verpflichtet, sagt sie, das weiß doch jeder.

«Oma ist reich», sage ich andächtig.

Mama lacht, aber freundlich klingt es nicht. «Das kannst du laut sagen.»

Aber das möchte ich lieber nicht. Womöglich wird sie sonst überfallen, und jemand haut ihr auf den Kopf, auf die Rübe, wie Papa immer sagt. Und da liegt sie dann in ihrem Blut. Oder sie wird womöglich entführt, und der arme Papa muß Lösegeld bezahlen, das ich dann den Entführern überbringe, denn das verlangen sie, nur diese Kleine, sonst niemand. Dann fahren sie mich zu einem verwahrlosten Haus mit zerschlagenen Fensterscheiben und rausgebrochenen Türen, und es ist ganz dunkel, und ich tapere mit einer Taschenlampe herum und lege dann den Umschlag mit dem vielen Geld in einen kaputten Kinderwagen. Und ein paar Stunden später kommt Oma angehumpelt, schließt mich in die Arme und sagt, wie stolz sie auf mich ist. Natürlich kriegt Papa das Lösegeld von ihr wieder und noch einiges dazu. «Und ich», sage ich, «was kriege ich?»

«Ich werde dir gerade verraten, was du zu Weihnachten kriegst», sagt Mama, und ich merke, daß ich mal wieder laut gedacht habe, und sage schnell: «War ja nur 'ne Frage. Darf ich jetzt zu Oma gehen?»

«Meinetwegen», sagt Mama milde gestimmt, weil ich sie doch so doll liebhabe. «Aber iß nicht wieder alles durcheinander und stopf dich voll, und ich habe dann wieder die Bescherung.»

So ein Christmarkt ist das Schönste, was man sich denken kann. Ich und meine Oma nehmen uns Zeit. Wir bleiben an jedem Stand stehen, schnuppern gebrannte Mandeln und gebratene Würstchen, sehen einem Goldschmied zu, der aus Silberdraht Ringe und Armbänder formt, kaufen Lose für einen wohltätigen Zweck, und meins gewinnt sogar. Den Gewinn können wir gleich abholen. Es sind, wie üblich, Leibniz-Kekse. Und Oma kauft mir Zuckerwatte, Salmiakstangen, Karamelbonbons, Nüsse und Rosinen. Und ich kaue und lutsche, bis mein Magen die Meldung gibt: Aufhören, sonst passiert was!

Dann will Oma unbedingt in ihre Lieblingsparfümerie. Dort begrüßt man sie, als sei sie die Oma von allen. «Wie schön, gnädige Frau lassen sich auch mal wieder blicken mit der Kleinen. Gehst du schon zur Schule?» Oma kauft und kauft, Nagellack, Wimperntusche, Creme für die Haut in der Nacht, für die Haut am Tage, Parfüm in winzigen Fläschchen, die, wie Mama immer sagt, ein Vermögen kosten. Und ich bekomme jede Menge Proben. Eine Verkäuferin besprüht mich wie Mama ihre Wäsche. Wenn Mama das sehen würde! Oma bezahlt, aber abholen wird sie die Tüten erst später. Sie will mir noch was zeigen. «Was denn?» frage ich. «Verrate ich nicht», sagt sie. Oma ist heute irgendwie anders. Sie kuckt so merkwürdig durch die Gegend, und in der Parfümerie hat sie sich auf einen von den vergoldeten Hockern gesetzt. Das tut sie sonst nie.

«Bist du okay?» frage ich.

«Mehr als das», sagt sie. Und dann bleibt sie stehen, direkt vor einer Kirche. «Da gehen wir jetzt rein.»

Ich bin baff. «Das haben wir ja noch nie getan!»

«Dann eben jetzt.»

Die Kirche ist schon für Weihnachten geschmückt, mit einem Tannenbaum neben dem Altar. In den spitzen Fenstern gibt es bunte Bilder zu sehen. Männer und Frauen in komischen Kleidern, die mal ernst, mal freundlich in die Gegend kucken. Es ist fast leer. Nur ein paar alte Frauen sitzen herum. Wir bleiben stehen und hören der Orgel zu, die Weihnachtslieder spielt. Mir wird langweilig, und ich zupfe Oma am

Ärmel. «Laß uns gehen.» Statt dessen sucht sie sich einen Platz in einer Bank. Was bleibt mir anderes übrig, als mich neben sie zu setzen. Mir wird kalt, und ich kuschle mich an sie. Sie riecht so gut. Und dann sehe ich sie mir von der Seite an. Meine Oma sieht fabelhaft aus, keine andere kann ihr das Wasser reichen, jedenfalls nicht die von den Kindern aus meiner Klasse. Die haben große Busen, weißes Haar, sind frisiert wie ein Kohlkopf und haben Rheuma und Gicht oder sonst irgendwas. Niemand dreht sich nach ihnen um. Aber nach meiner Oma jeder, egal, wo wir sind. Papa findet das auch. Mama schüttelt ungläubig den Kopf. «Jeder? Das möchte ich nun wirklich bezweifeln.»

«Na, na», sagt Papa, «ist hier jemand eifersüchtig?»

«Ich bitte dich!» Mama knallt den Deckel der Tiefkühltruhe zu, daß die gefrorenen Hühner anfangen, Ballett zu tanzen. «Ich finde nur, Elinor könnte langsam anfangen, nicht mehr wie ein Teenager in Minirock und diesen engen Jeans rumzulaufen.»

«Was stört dich denn daran?» will Papa wissen.

«Ich find's einfach würdelos. Was sollen bloß die Leute denken?» Mama hat es immer mit den Leuten. Was sollen die Leute denken, was sollen die Leute sagen.

Sollen sie reden – Oma ist das ganz egal. Auch, daß ich mich jetzt langweile. Die Turmuhr schlägt die volle Stunde, und wir sitzen immer noch hier rum. Vielleicht ist irgend etwas mit ihr passiert, daß sie nicht mehr laufen kann, daß sie auf einmal gelähmt ist. Das soll's geben. Was mache ich dann? Ich werde aufstehen, zum Altar gehen, mich dort hinstellen und rufen: «Meine Oma ist krank, sie kann nicht mehr aufstehen. Bitte helft mir!»

Oma schreckt richtig hoch. «Wobei denn?» fragt sie verwundert. Dann steht sie auf, und ich bin heilfroh, daß sie wieder laufen kann, und so schnell, daß ich kaum hinterherkomme. «Kind, beeil dich, es ist schon spät! Sicher warten deine Eltern schon.»

Das tun sie wirklich. Mama kriegt wieder diesen gewissen Blick und sagt: «Ich bin gespannt, Elinor, wann du dich endlich mal an Absprachen hältst. Das Kind hat um sechs zu Haus zu sein.»

«Ich und Oma waren in der Kirche», erkläre ich schnell.

«In der Kirche?» Mama wird ganz blaß. «In der Kirche warst du?» Und sie sieht Oma scharf an. «Wie vor drei Jahren?»

Oma wird ein bißchen verlegen. «Das war was anderes.»

«Na, hoffentlich», sagt Mama. Die beiden werfen sich einen ganz komischen Blick zu, und ich denke, die haben mal wieder ein Geheimnis. Ich liebe Geheimnisse. Aber ich muß sie kennen.

Als Oma weg ist, seufzt Mama tief und sagt: «Es ist doch immer dasselbe mit Mutter. Erst die große Liebe, und dann hat sie den Salat und muß ins –»

«Ganz richtig», unterbricht sie Papa. «Das Kind muß dringend ins Bett.» Aber ich denke, vielleicht kriege ich jetzt endlich einen Opa. Das wäre toll. Schon sitzt er vor mir in Omas Kuschelecke auf dem Sofa mit dem roséfarbenen Bezug und freut sich gerade wahnsinnig, daß ich ihn besuchen komme. Ich denke, endlich habe ich einen neuen Opa, wo Papas Eltern doch lange tot sind und ich nicht mal einen Onkel und eine Tante habe. Er hat mir auch versprochen, mit mir zu der Mini-Playback-Show zu fahren, in der ich so wahnsinnig gern auftreten würde. Dafür hat nämlich niemand Verständnis, nicht mal Papa. Als ich vor dem Flurspiegel rumgewirbelt bin, hat er nur gesagt, genauso stellt er sich eine tanzende Giraffe vor. Auch meine Oma kann sich für meinen Wunsch nicht erwärmen und sagt immer, ich soll lieber Ballettstunden haben. Aber bei meinem neuen Opa werde ich nicht bitten und betteln müssen. Fragt sich nur, wie lange ich ihn habe. Er wird aufstehen und weggehen, einfach so. «Opa, wo willst du hin?» rufe ich ihm nach.

Mama und Papa starren mich an. Und Mama sagt: «Das Kind ist mal wieder völlig überreizt. Ich hab mir's ja gleich gedacht, wenn Elinor sie auch so spät nach Hause bringt. Wenn es man nicht doch wieder –»

«Ab ins Bett», sagt Papa zu mir. Das ist das Beste vom Leben, behauptet er immer. Manchmal stimmt es. Wenn ich traurig bin, keine Lust auf die Schule habe und keinen Mund zum Reden, brauche ich niemanden zum Geschichtenerzählen. Mir fallen selbst genug ein. Und jetzt, wo es bald Weihnachten ist, mehr als sonst. Vom Weihnachtsmann, obwohl es ihn ja gar nicht gibt, der oben auf dem Schornstein sitzt und die Päckchen durch den Kamin schmeißt, von der Jungfrau Maria, die ich wieder mal nicht spielen darf beim Krippenspiel in der Schule. Es mußte natürlich wieder Frau Webers Liebling Karolin sein, die dumme Nuß. Und ich bin nur einer der Heiligen Drei Könige. Immer und immer Kaspar. Aber Papa sagt, einen farbigen ausländischen Mitbürger darzustellen ist eine große Ehre für mich. Darüber muß Mama lachen, sagt dann aber gleich, sie hat es nicht gern, wenn über dieses ernste Thema gewitzelt wird.

«Was heißt hier gewitzelt», sagt Papa. «Ich halte mich grundsätzlich nur an den üblichen Sprachgebrauch. Es gibt keine alten Menschen mehr, nur noch Senioren, und für Verbrecher, ganz gleich, was sie auf dem Kerbholz haben, ist jetzt der Polizist eine Bezugsperson.»

«Da ist was dran», sagt Mama und lacht wieder. «Aber grundsätzlich mag ich es nicht, wenn du ironisch wirst.»

«Grundsätzlich» ist auch eines ihrer Lieblingswörter, und als Papa noch einmal an mein Bett kommt, frage ich ihn: «Was ist eigentlich grundsätzlich?»

«Ein dummes Wort», sagt er und seufzt ein bißchen, «so ist nun mal deine Mutter. Es muß alles feste Regeln haben.» Als er sich zum Gutenachtkuß zu mir herunterbeugt, sehe ich auf die Kuckucksuhr, die gegenüber von meinem Bett hängt, und mir fällt ein, daß es im Fernsehen jetzt gleich einen wundervollen Film von einer bösen Hexe gibt, die kleine Kinder in Mäuse verwandelt. Ich habe ihn schon zweimal gesehen. Er ist einfach wunderbar.

«Papa», sage ich beschwörend.

«Kommt nicht in Frage, was immer es auch im Fernsehen gibt», meint Papa.

Ich staune. «Woher weißt du, was ich sagen will?»

Er kitzelt mich ein bißchen. «Ich seh's dir an der Nasenspitze an.» Dann legt er seine Hand über meine Augen. Und als ich sie aufmache, steht meine Mutter vor dem Bett und sagt:

«Los, los, du kommst sonst wieder zu spät zur Schule.»

Den vierten Adventssonntag darf ich bei Oma verbringen, obwohl es deswegen viel Gezerre gegeben hat. «Grundsätzlich», sagt Mama zu Papa, «hab ich nichts dagegen. Aber wenn dieser merkwürdige Mensch bei Elinor herumhockt, möchte ich meine Tochter nicht dazwischen haben.»

Sie hat natürlich mal wieder keine Ahnung. «Onkel Jobst ist nicht mehr da», sage ich.

«Ein Glück», sagt Mama, und es klingt richtig erleichtert. Ich finde das nun gar nicht. Ein Glück wäre es für Oma, wenn er noch nicht ausgezogen wäre. Und für mich auch. Er hat mit mir den Flohwalzer gespielt und das Kamel in der Wüste. Oma war allerdings mehr für den Flohwalzer: «Du weißt doch, von Kamelen und Wüste haben wir nun genug.» Und sie hat mir zugezwinkert. Jobst ist ein Student gewesen, und Oma hat gesagt, er ist bis zu seinem Examen ihr Gast. Aber nun ist er nicht mehr da. Ich hätte ihn gern als Opa gehabt und Oma ja vielleicht auch. Jedenfalls war sie echt traurig, als er auszog. «Du bist mein einziger Trost», hat sie zu mir gesagt und mich ganz fest an sich gedrückt.

Ich darf also am vierten Advent zu Oma und klingle wie immer voller Vorfreude Sturm an der Haustür, renne durchs Haus und als erstes zu der porzellanenen Ente, die bei Oma auf der Kommode steht. Ich weiß, sie hat Süßigkeiten für mich im Bauch. Und Oma sagt wie immer mit verstellter Stimme: «Quak, quak, öffne mich.» Ich hebe den Deckel der Ente ab und finde neben Schokoladekringeln etwas in Seidenpapier verpackt: einen winzigen silbernen Schnuller. Ich freue mich riesig, und als ich Oma umarme, sagt sie, daß sie noch was viel Schöneres für mich hat, nämlich ein Geheimnis, und ich werde es als erste erfahren. «Was für ein Geheimnis?» Da erzählt sie es mir. Ich hopse herum vor Freude. Das ist das schönste Geheimnis der Welt. Nie, nie wird mir irgend jemand ein Wort darüber entlocken, auch nicht der freche Junge aus der Parallelklasse. Da kommt er schon die Straße entlang und sagt: «Du hast ein Geheimnis. Ich will es wissen. Jetzt gleich, auf der Stelle.» Aber ich schweige, ich schweige.

«Ich schweige.»

Oma lächelt. «Bin gespannt, wie lange.» Dann schickt sie mich mit einem Taxi zu den Eltern zurück.

Ich renne die Treppe rauf, reiße die Tür zum Wohnzimmer auf, wo die Eltern fleißig dabei sind, den Weihnachtsbaum zu schmücken. Mama sagt unwillig: «Du sollst doch nicht vor morgen ins Weihnachtszimmer.» Aber das Geheimnis ist so groß, daß es kaum noch Platz in meinem Mund hat.

«War's schön?» fragt Papa und Mama: «Hast du schon gegessen?»

Ich nicke und bleibe stumm auf jede Frage.

«He», sagt Papa, «was ist los mit dir?»

Und ich öffne den Mund, und da fällt es heraus, das große Geheimnis.

«Ich kriege einen Onkel!» rufe ich. «Einen ganz, ganz kleinen. Aber erst in einem halben Jahr!»

Mama sagt fassungslos: «Einen Onkel? Das ist ja dann mein Bruder. Mein Gott, mußte das sein? In der heutigen Zeit? Ist doch immer das gleiche mit Elinor.»

«Finde ich gerade nicht», sagt Papa. «Ich hätte nie gedacht, daß sie diesmal... daß ich noch mal einen Schwager bekomme.»

Mama sieht ihn an. «Und wie findest du das?»

«Mittelprächtig», sagt Papa und lacht.

5   Einer zuviel

Wir geben es zu und schämen uns nicht, daß wir uns so wenig darüber den Kopf zerbrechen, wer nun eigentlich unsere Rente zahlt und ob die Jungen unseretwegen mehr arbeiten müssen. Von Opferbereitschaft und «jeder trage des anderen Last» wollen wir nichts hören, nicht einmal zu Weihnachten. Da kann der Herr Bundespräsident uns noch so eindringlich in einer seiner schwungvollen Ansprachen Asylanten, Arbeitslose und Sozialhilfeempfänger ans Herz legen und darüber klagen, wie egoistisch unsere Gesellschaft geworden ist.

«Der Mann hat ja so recht.» Georg schenkt sich einen französischen Cognac ein, holt eine Scheibe Rosé-Schinken aus dem Kühlschrank und füttert damit seinen Liebling, den Hund des Nachbarn, der gerade mal wieder auf unsere Terrasse geschwänzelt kommt und uns seinen Hunger durch lautes Bellen kundtut. Dieser Hund ist der einzige Zankapfel zwischen Georg und mir. Meiner Meinung nach fühlt sich das Tier schon viel zu heimisch bei uns. Doch ehe wir uns deswegen richtig in die Haare kriegen, erinnere ich mich rechtzeitig daran, daß nicht nur er, sondern auch meine Tochter sich sehnlich einen Hund gewünscht hatte und ich strikt dagegen gewesen war. So sage ich nur ein wenig spitz: «Glaubst du, daß unser Bundespräsident damit gemeint hat, fette Hunde noch mehr zu mästen?»

«Auch ein Hund ist ein Mitglied unserer Gesellschaft, hat Jessica immer gesagt», verteidigt sich Georg. «Und wirkliche Fürsorge beginnt bei ihren schwächsten Mitgliedern vor der eigenen Haustür.»

Aber gerade denen öffnet sich unser Herz nicht, weil sie meist für Zeitschriften werben und dazu noch längst überholte Sprüche klopfen wie: «Ich bin bei Nacht und Nebel aus der DDR geflüchtet.» Aber auch für das traurige Schicksal ehemaliger Knastbrüder fühlen wir uns nicht zuständig. Wir schenken ihnen ebensowenig Aufmerksamkeit wie den vielen Briefen, die um eine kleine Spende bitten. Wir ärgern uns höchstens, daß sie unsere Briefkästen verstopfen. DRK und Unicef, das muß genügen und natürlich das Los für die Fernsehlotterie. Unseren Einwand, egal wieviel wir gäben, es sei immer nur ein Tropfen auf den heißen Stein, im Grunde profitierten nur Bank oder Post von den Spenden, ließ Jessica, als sie noch bei uns lebte, ebensowenig gelten wie unsere alljährliche Weihnachtsgans aus Polen am ersten Feiertag, mit der wir, wie sie behauptete, mehr die Korruption in diesem Land unterstützten als der notleidenden Bevölkerung halfen. Georg und sie gerieten deshalb jedesmal mächtig aneinander. Aber wir wollen uns nun mal nicht den Rest des Lebens mit dem Elend in anderen Ländern vermiesen. Katastrophen haben wir selbst genug erlebt. Und so picken wir uns lieber aus der Zeitung heraus, was so an Merkwürdigkeiten berichtet wird.

«Einbrecher kam nur zum Duschen», lese ich Georg vor. «Rate mal, was die Polizei auf seine Spur gebracht hat.»

«Keine Ahnung», sagt Georg.

«Er hat seinen Waschlappen liegenlassen.»

Oder: «Amore hinter den Gefängnismauern nun auch in Italien», «Kühlschrank aus der Steinzeit entdeckt». Dazu müssen wir erst das Lexikon befragen, was Mastodonten sind.

«Klingt irgendwie unanständig», sagt Georg, stellt dann aber fest, daß diese vier Tonnen schweren Rüsseltiere vor elftausend Jahren auf der Erde gelebt haben. Eines wurde, wie die Zeitung berichtet, von einem Jäger in einem Teich eingefroren. Jedenfalls hat man dort seine Knochen gefunden und zwar im US-Staat Michigan. Aber dann finde ich noch was viel Lustigeres:

«Neu gebaute Toilettenhäuschen, die sogar schußsicher sind.» Darüber müssen wir herzlich lachen, sehen uns aber gleich darauf schuldbewußt an und hören Jessica verächtlich sagen: «Wie kann man nur so primitiv sein! Macht ihr euch denn gar keine Gedanken darüber, wie schlimm es überall auf der Welt bestellt ist?» Und wir denken reumütig, ob wir uns die bewegenden Worte des Herrn Bundespräsidenten nicht doch mehr zu Herzen nehmen sollten, finden aber dann, daß wir unser Scherflein zum Gemeinnutz bereits reichlich beitragen. Wir verstopfen nicht wie andere mit einem Auto die Straße oder vergiften mit Auspuffgasen die kommende Generation, die da so fröhlich an den Händen ihrer Mütter über den Zebrastreifen trippelt. Wir wimmeln nicht alle paar Wochen durch die Flughäfen der Welt, schleppen keine bösartigen Krankheiten ins Land und sind nicht schuld, daß der ständig wachsende Flugverkehr das Ozonloch vergrößert. Wir leben nach der Devise: Bleibe im Lande und nähre dich redlich.

Unser kleiner Garten und das puppige Häuschen, Groschen für Groschen erspart, ist unser ein und alles. In seinem Umkreis fühlen wir uns am wohlsten, Georg noch mehr als ich. Es gab auch schon mal eine Zeit, da erlag ich der Versuchung, ihn in seinem festen Glauben, wir seien unzertrennlich, zu erschüttern. Aber auf meinen verzweifelten Ausruf: «Ich muß hier endlich mal raus, sonst werde ich noch verrückt!» reagierte er nur mit einem gleichmütigen «Mach, wie du denkst», deutete stolz auf seine Erdbeeren und fragte: «Haben sie nicht prächtig angesetzt?» Ich verließ das Haus, ohne ihm mein Reiseziel zu verraten, das sich nicht gerade durch seine weite Entfernung auszeichnete. Ich fuhr lediglich zu meinen Freundinnen, die mich oft genug herzlich eingeladen hatten, aber nun doch ziemlich überrascht waren, als ich so unverhofft auftauchte. Die von mir erwartete Freude blieb aus, und so kehrte ich schneller als geplant zu Georg zurück.

«Da bist du ja wieder», begrüßte er mich. Er servierte mir stolz die ersten Erdbeeren mit Zukker und Sahne, und ich war heilfroh, wieder zu Hause zu sein, wo es meiner Meinung nach ebensoviel Erstaunliches zu erleben und zu beobachten gibt wie beim Tauchen in der Karibik.

Ein Wunder sind schon allein die Gänseblümchen auf unserem Rasen. Zunächst pirschen sie sich in kleinen Gruppen vor, ob es sich auch für die anderen lohnt, ihre Köpfchen herauszustecken, und dann haben sie schon, wie durch Zauberhand, von ihm Besitz ergriffen, nicht ahnend, daß sie in Kürze Georgs funkelnagelneuem Mäher zum Opfer fallen werden. «Tapfere kleine Burschen», sagt Georg jedesmal gerührt, und dann rattert er über sie hinweg, so daß sie zusammen mit dem Gras durch die Luft wirbeln. Aber, o Wunder, ein paar Tage später ist bereits eine neue Generation nachgerückt. «Gartenbesitzer müssen manchmal grausam sein», sagt Georg. Ihr oder wir, heißt es da. Maulwürfe, Schnecken, Quecken, Brennesseln, Ameisen pfeifen auf humanes Getue. Ja, wir werden sogar das Gefühl nicht los, daß sie manches, was sie vertreiben soll, besonders anziehend finden. Jedenfalls reagierten die Maulwürfe auf die Schallwellen, die wir ihnen mit einem Elektrostab zukommen ließen, äußerst überraschend. Sie schienen das für einen Aufruf zu einer Art Techno-Party speziell für Maulwürfe zu halten. Jedenfalls hatte es in unserem Garten noch nie so viele Maulwurfshügel gegeben. Ähnlich war es mit dem Backpulver, das wir ausstreuten, um der Ameisen Herr zu werden. Jessica hatte darauf bestanden. Jede andere Art von Insektenvertilgung kam für sie einem Mord gleich. Doch der Strom über unsere Terrasse wandernder Ameisen schwoll gewaltig an, als riefen sie sich gegenseitig zu: «Hierher, kommt schnell, hier gibt es etwas Wunderbares!» Wir griffen heimlich zu einem bewährten, ähnlich aussehenden Giftpuder und fegten dann die kleinen Leichen schnell beiseite. «Na, seht ihr, es geht doch!» sagte Jessica.

Auch Stare und Amseln verhalten sich ausgesprochen unfair. Sie schenken dem Kirschbaum erst Beachtung, wenn wir uns mühen, sie mit Netzen, klappernden Gegenständen oder Böllerschüssen fernzuhalten. In Null Komma nichts fressen sie alles ratzekahl und lassen nur noch die nackten Kerne an den Stengeln übrig. Das uns, die wir so bemüht sind, ihnen die Katzen von den Nestern fernzuhalten! Wie oft springen wir von den Stühlen auf und machen «psch, psch», sobald eines von diesen Viechern über den Rasen schleicht.

Jessica kann unserem Glück im Winkel überhaupt keinen Geschmack abgewinnen. «Der Mensch ist nicht dazu geboren, auf einer Stelle zu hocken», sagt sie. Sie ist schon überall gewesen, ich glaube, sogar am Nordpol. Im Gegensatz zu ihr genießen Georg und ich jede der Jahreszeiten in unserem kleinen Reich und lassen sie bestimmte Erinnerungen in uns wecken. Im Frühjahr, wenn der Garten sich vor Eifer fast überschlägt, um seine ganze Blütenpracht zu zeigen, reden wir über unsere Kindheit, die gar nicht so selig gewesen ist, wie es immer heißt. Der schwere Duft des blühenden Weißdorns erinnert Georg daran, wie ihn auf dem Schulweg der Tiefflieger jagte und er sich gerade noch in letzter Sekunde unter eine Weißdornhecke rollen konnte, aus der er dann, als alles vorüber war, von den Dornen ziemlich zerschrammt wieder hervorkroch. Und wie sein als vermißt gemeldeter Vater plötzlich wieder vor ihnen stand, ein Bein und die rechte Hand verloren, und daß die Mutter keineswegs vor Wiedersehensfreude und Rührung in Tränen ausbrach. Er erzählt und erzählt, der Frühlingswind streicht über die Terrasse, die Amsel auf unserer Satellitenschüssel plustert sich. Und ich sehe plötzlich wieder den Kinderwagen neben seinem Stuhl stehen, sehe, wie er sich hinunterbeugt und mit seiner Tochter schäkert, die glucksende Laute des Entzückens von sich gibt. Plötzlich sagt Georg, der, was mich betrifft, den sechsten Sinn hat, ohne Übergang: «Sie wollen ja zu Weihnachten kommen.» Für kurze Zeit herrscht Schweigen. Dann beteuern wir uns hastig gegenseitig, wie sehr wir uns freuen und was für ein Glück wir doch mit unserem Schwiegersohn haben.

Im Sommer, wenn es so richtig knackigheiß ist, genießen wir die angenehme Kühle im Haus, verbringen die lauen Nächte bei einer leichten Erdbeerbowle auf der Terrasse, vom Duft der blühenden Linden umfächelt, und erinnern uns an unsere Jugend, mit der auch nicht gerade viel los war. Die ganze Zeit dachte man eigentlich nur ans Essen und überlegte dauernd, wie man sich Lebensmittel verschaffen konnte. «Ist noch von der Nußtorte da?» fragt Georg jedesmal nach so einem Gespräch. Ja, es waren magere Zeiten. Dafür essen wir jetzt im Alter nur noch, was uns schmeckt. Da sparen wir nicht, egal, was der Lachs oder der Rosé-Schinken mit dem Rand aus Walnüssen kostet. Auch daß Lehrjahre damals wirklich keine Herrenjahre waren, fällt uns wieder ein, wie Georg, statt sich im Kontor des Getreidehändlers mit Buchführung und Korrespondenz zu beschäftigen, beim Säckeschleppen helfen mußte, wenn Not am Mann war. Kein Gedanke an Abitur und Studium, wie es für Jessica selbstverständlich gewesen ist.

Im Herbst sind wir weniger mit der Vergangenheit als mit unseren Zipperlein beschäftigt, die sich um diese Jahreszeit mehr als sonst melden, wobei wir nie aufhören zu betonen, daß es im Grund um unsere Gesundheit noch sehr gut bestellt ist. «Und überhaupt, was hilft's», sagt Georg, «der Garten ruft», zwängt sich ächzend aus seinem Sessel und humpelt hinaus, um alles winterfest zu machen. Das Häuschen genießen wir jetzt doppelt. Wenn der Regen gegen die Scheiben prasselt, machen wir es uns so richtig gemütlich, spielen Karten, legen ein Puzzle und stellen den Fernseher nicht nur für die Nachrichten an. Die von Jessica so verabscheuten Quizsendungen sehen wir am liebsten und stellen dabei fest, daß wir es durchaus mit den Kandidaten aufnehmen können. Wir drehen die Heizung hoch und fühlen einen angenehmen Schauer, wenn wir an die Zeiten denken, als wir noch widerborstige Öfen mit nassem Holz in Gang setzen mußten.

Und dann die Weihnachtszeit. Wir schmükken das Haus adventlich mit Tannengrün und Weihnachtssternen, und Georg läßt es sich nicht nehmen, die schönste Tanne nach Haus zu schleppen, was ihm ohne Frage jedes Weihnachten gelingt. Während ich, von ihm assistiert, Pfefferkuchenplätzchen backe oder wir den Baum gemeinsam schmücken und des aromatischen Duftes wegen ab und zu ein Tannenzweiglein in eine brennende Kerze halten, fördert unser Gedächtnis lang zurückliegende heitere Begebenheiten aus der Weihnachtszeit zutage. Etwa, als Georg und ich frisch verlobt den Heiligabend in der Zweizimmerwohnung seiner Eltern verbrachten. Während ich auf einem reichlich kurzen Sofa fast unter dem Weihnachtsbaum kampierte, war der arme Georg auf ein amerikanisches Feldbett in die Küche verbannt worden, für das selbst sein damaliges Fliegengewicht noch zu schwer war, so daß es sich bei jedem Umdrehen über ihm zusammenfaltete. So bat er schließlich bei mir um Quartier, und ich gestattete es ihm gnädig, wohlgeschützt von meinem zukünftigen Schwiegervater, der seine umtriebige Frau, die unbedingt dauernd sehen wollte, ob der arme Junge in der Küche auch zurechtkam, mit scharfer Stimme zurückrief: «Marie-Luise, du gehst jetzt nirgendwohin, auch nicht mehr ins Badezimmer!» Und Georg sagt dann jedesmal: «Bei Jessica hätte sich meine Mutter das nicht getraut. Die hätte ihr was gehustet.»

Dann die erste gemeinsame Wohnung, in unseren Augen über alle Maßen luxuriös, mit Warmwasserversorgung direkt aus der Leitung und Zentralheizung. Georg war so begeistert darüber gewesen, daß er, ungeachtet meines Einspruchs, in Windeseile seine Sachen auszog und sich ein Bad gönnte, wobei ihm erst hinterher einfiel, daß es in der leeren Wohnung weder ein Handtuch noch Gardinen gab und daß die Räume sich nicht nur im ersten Stock befanden, sondern auch den Blick auf einen gegenüberliegenden Spielplatz freigaben. Dort waren zwei kleine Mädchen gerade dabei, einen mickrigen Schneemann zu bauen. Sie starrten ihn an, und eine rief: «Kuck mal, da, der Weihnachtsmann!» Ich lache jedesmal über Georg, der nach so vielen Jahren bei dieser Geschichte immer noch ein verlegenes Gesicht macht und schnell zu einer anderen übergeht: das erste Weihnachtsfest gemeinsam mit einem befreundeten Ehepaar in den Bergen in einem Hotel. «In einem sündhaft teuren», bemerkt er und befestigt einen Kerzenhalter an der Tanne. Dummerweise fiel die Heizung aus, und wir hockten frierend zu viert auf dem Bett in unserem Zimmer, das notdürftig mit einem elektrischen Öfchen geheizt wurde. Wir köpften eine Flasche Rotwein nach der anderen, was bald zu gewissen Verfallserscheinungen der guten Sitten führte, weshalb es am nächsten Tag einige Verstimmungen gab. Jedenfalls von meiner Seite.

«Warum warst du bloß so sauer auf mich?» sagt Georg, wie es das Ritual verlangt, obwohl wir schon hundertmal darüber geredet haben. Und ich tue ihm den Gefallen und spiele die nach wie vor Entrüstete. «Wie dich Susanne beim Frühstück angehimmelt hat, war einfach unerträglich!»

Aber diesmal ist Georg nicht ganz bei der Sache und sagt, anstatt die passende Antwort darauf zu geben, an sich heruntersehend: «Hab in der letzten Zeit ganz schön zugenommen. Das wird Jessica nicht gefallen.»

«Wahrscheinlich wird sie uns als erstes auf Diät setzen», sage ich und habe gleich wieder ihr scharfes, vorwurfsvolles «Mutter!» im Ohr. «Ich freue mich auf die beiden.»

Georg nickt zustimmend: «Ich auch.» Aber es klingt nicht sehr überzeugend. «Wie lange wollen sie denn bleiben?»

«Zehn Tage bestimmt.»

«Zehn Tage kein Fernsehen, nur gute Gespräche», murmelt Georg. Und dann versichern wir uns gegenseitig, was uns das Schicksal doch für einen wundervollen Schwiegersohn beschert hat, als wir schon fast die Hoffnung aufgegeben hatten. Und wem verdanken wir dieses Glück? Einer simplen Maus. Wenn wir das jemandem erzählen, hält der uns glatt für verrückt.

«Sie war so ein Wonneproppen», sage ich schwermütig.

«Die Maus?»

«Die vielleicht auch», sage ich trübe. «Ich meine Jessica. Weißt du noch, wie die Nachbarn sie immer lobten: ‹Was für ein nettes Kind Sie doch haben›, wenn sie ihren Knicks vor ihnen machte? Und du hast jeden Abend an ihrem Bett gesungen: ‹Schlaf, Kindchen, schlaf, die Jessica war brav.› Und dann, fast muß man sagen, von heut auf morgen, diese Wandlung! Nicht mehr wiederzuerkennen.»

«Besonders nicht ihr Zimmer», sagt Georg. «Die eine Wand schwarz, die andere gelb. Und dieses dauernde Herumgemäkel!»

Ich nicke traurig. Plötzlich verlangte sie von mir, daß ich nur noch Gerichte kochte, die Georg haßte, chinesisch, griechisch, indisch und wer weiß was sonst noch. Egal, was wir sagten, sie sah uns jedesmal an, als seien wir von heute auf morgen schwachsinnig geworden.

«Den halben Tag brachte sie allein damit zu, sich zu schminken», sagt Georg anklagend.

«Davon verstehst du nichts», nehme ich sie in Schutz. «Daß ein junges Mädchen sich hübsch machen will, ist doch ganz normal. Immer noch besser als rumzulaufen wie eine Chinesin im Reisfeld, wie sie es tat, als sie diesem buddhistischen Meister diente.» Damals waren wir in Sorge um sie. Aber es ging ihr anscheinend wirklich nur um den Funken der Erleuchtung, den sie sich von seinen Lehren erhoffte.

«Leider ohne Erfolg», sagt Georg trocken.

Dann begann sie uns einzureden, daß wir unter sexuellen Defiziten litten, aber nach dem Studium wollte sie plötzlich überhaupt nichts mehr von Männern wissen, die allerdings anscheinend auch nichts von ihr, denn es ließ sich höchst selten einer bei uns blicken. Natürlich gab sie uns die Schuld, nannte unser Häuschen einen spießigen Alptraum und sagte, allein Georgs geliebte Gartenzwerge seien Grund genug, um jeden Menschen mit ein bißchen Geschmack für immer abzuschrecken.

«Warum baut sie sich dann nicht ihr eigenes Nest?» hatte Georg gesagt. «Alt genug dafür ist sie schließlich, auch verdienen tut sie gut.» Und halblaut hatte er hinzugefügt, was mir einen Stich ins Herz gab: «Kinder sind auch nicht immer das Wahre.»

Die männerlose Zeit dehnte sich, wie es mir als Mutter vorkam, reichlich lang. Ich begann langsam, mir ernsthafte Sorgen um Jessicas Zukunft zu machen, zumal sie nun einem Verein beitrat, der sich heimatloser Tiere annahm, ein Begriff, den Jessica auf ihre Weise auslegte.

«Weißt du noch, der Frosch?» fragt Georg und müht sich ab, die Tanne am Kippeln zu hindern.

«Und ob», sage ich und lache.

Jessica brachte ihn von einem Spaziergang mit. Wir kannten ihn schon. Er lebte in einem Tümpel nicht weit von unserem Haus und versuchte unermüdlich, einen Gefährten oder eine Gefährtin heranzuquaken. Eine Zeitlang hüpfte er ziemlich unglücklich auf unserer Terrasse herum und verschwand dann mit einem kühnen Satz, ehe ihn unsere Tochter, wie sie sich vorgenommen hatte, zu Artgenossen in den Zoo bringen konnte. Ihr nächstes Opfer war ein Amseljunges. Jessica schleppte es ins Haus, ungeachtet des verzweifelten Piepsens seiner Mutter, die mit einem Regenwurm im Schnabel suchend auf dem Rasen herumhüpfte. Auch die Katze und der kleine Hund legten keinen Wert auf eine neue Heimat. Sie verschwanden nach ein paar Tagen, ohne sich von Jessica zu verabschieden. Erhalten blieb uns nur eine Maus. Sie mußte am Efeu hochgeklettert sein und befand sich nun überraschend in unserem Schlafzimmer.

«Und dann durften wir nicht mal eine Falle aufstellen», seufzt Georg, während er sorgfältig hier und da ein Zweiglein stutzt, um die vollendete Form der Tanne noch besser zur Geltung zu bringen.

«Aber sie hat dann doch eingesehen, daß Mäuse nun mal die Angewohnheit haben, sich sehr schnell fortzupflanzen», sage ich, Jessicas Partei ergreifend, «und daß das doch sehr lästig werden kann.» Was sie nicht daran hinderte, uns eine furchtbare Szene zu machen, weil ihr hirnloser Vater nun doch Fallen gekauft hatte.

«Ich finde, du hast dieses Problem glänzend gelöst», sage ich, «mit diesem raffinierten Gestell.» Er nickt wohlgefällig. Die Maus konnte nur über eine Art Wippe an den herrlichen Speck gelangen, und in dem Moment, wenn die Wippe nach unten ging, schloß sich die Falle. Wir fingen in kürzester Zeit zehn in Jessicas Augen allerliebste Mäusebabys mit langen Schwänzen. Jessica verstaute sie in einem Karton und radelte mit ihnen zum nahegelegenen Gehöft eines Bauern, wo sie sie aussetzte. Bald ließ sich keine Maus mehr im Haus blicken, und die Falle blieb unberührt. Bis kurz vor Weihnachten. Ich hatte ein Blech mit Pfefferkuchenplätzchen auf den Küchentisch gestellt und kam dazu, wie sich ein stattliches Tier daran gütlich tat, der Größe nach zu urteilen die Stammesmutter. Die Falle jedoch blieb unberührt. Ein Nachbar riet uns zu Nutella. Für moderne Mäuse sei das genauso lecker wie für Kinder. Er sollte recht behalten. Wir fingen die Maus. Und unverdrossen machte sich Jessica wieder auf den Weg, um für sie eine neue Heimat zu suchen.

Zur selben Zeit hatte sich endlich wieder ein junger Mann in ihre Nähe gewagt. Ein wenig stämmig, mit einem gutmütigen, runden Gesicht und einem Oberlippenbart. Er hatte sich anscheinend ernsthaft in sie verliebt. Doch Jessica war kratzbürstiger denn je und weit davon entfernt, sich den Spruch ihres Meisters «Benutzt die Liebe als Pfad» zu Herzen zu nehmen, so daß Georg und ich jede Hoffnung auf eine dauerhafte Freundschaft zwischen den beiden begruben. Ja, wenn da nicht Nutella, wie wir unsere Hausmaus nannten, gewesen wäre. Die nämlich kehrte sehr schnell wieder zu uns zurück. Daß sie es war, erkannten wir an einer weißen Stelle in ihrem Fell. Was sollten wir tun? Georg und ich klagten Werner, so hieß der junge Mann, unser Leid. Er lächelte verschmitzt. «Nun fangen wir sie erst einmal wieder, dann werde ich schon eine Lösung finden.»

Es klappte. Zwei Tage später steckte Nutella wieder in der Falle, und ohne auf den Protest unserer Tochter zu hören, ergriff Werner den Käfig, verstaute ihn in seinem Auto und fuhr davon. Zurück blieb eine zum ersten Mal sprachlose Jessica. Beeindruckt sahen wir ihm nach. Ein Mann der Tat.

Eine Stunde später kehrte er wieder zurück.

«Gnade dir Gott, wenn du sie umgebracht hast», kreischte Jessica, als er aus dem Auto stieg. «Dann brauchst du dich hier nie mehr blicken zu lassen!»

Aber Werner lächelte nur. Mit einem kleinen Karton unter dem Arm marschierte er ins Haus, öffnete die Schachtel und nahm Nutella heraus. Sie wirkte ein wenig benommen, war aber sonst recht zutraulich. Vorsichtig setzte er sie auf die Erde, und husch, verschwand sie unter dem Weihnachtsbaum. Wir starrten ihn an, und er sprach die erlösenden Worte: «Ich hab sie sterilisieren lassen.»

Das Gesicht unserer Tochter veränderte sich, der Ausdruck wurde weich und zärtlich. «Das muß belohnt werden», sagte sie mit sanfter Stimme, und der Kuß, den sie ihm gab, war so lang, daß Georg und ich taktvoll das Zimmer verließen.

Das ist nun fünf Jahre her. Das junge Paar lebt seitdem in Brasilien, wo Werner als Ingenieur bei einer deutschen Firma arbeitet. Georg und ich wissen Jessica bei Werner sehr gut aufgehoben, eine große Beruhigung für uns. So können wir uns unbesorgt ganz unserem gemütlichen Leben widmen.

Auf Enkel mußten wir bisher leider verzichten, und es sieht auch nicht so aus, als wenn es da viel Hoffnung gibt. Auf ihre Besuche einmal im Jahr freuen wir uns natürlich sehr. Werner wirkt immer so angenehm ausgleichend. In diesem Jahr werden sie Nutella nicht mehr vorfinden. Sie ist vor einigen Monaten friedlich in der Speisekammer entschlafen. Georg hat sich geweigert, sie zu begraben, und sie einfach in die Mülltonne geworfen. Ich hatte ein ungutes Gefühl dabei. Womöglich ein böses Omen.

Während wir das Weihnachtsmenü in der Küche besprechen und Georg wie immer auf seinem traditionellen Gänsebraten besteht, läutet das Telefon.

«Geh du», sage ich. Das Gespräch dauert nicht lange. Er ist schnell wieder zurück.

«Wer war's denn?» will ich wissen.

«Jessica.» Er macht so ein eigenartiges Gesicht, daß mir ganz bange wird.

«Ist sie etwa krank? Kommt sie nicht?»

«Doch, doch. Sogar für immer. Sie wollen sich

scheiden lassen.» Er läßt sich auf einen Küchenstuhl fallen.

Aber ich sage tapfer: «Du weißt doch, wo nie was ist, wohnt niemand.»

Georg starrt vor sich hin. «Einer zuviel ist schlimmer.»

6 Ihr Kinderlein kommet

Es ist jetzt drei Jahre her, daß Oma mich kurz vor Weihnachten mit ihrem Entschluß überraschte, in ein Seniorenheim zu ziehen, und mir, sozusagen als Weihnachtspräsent, ihren kleinen Hof überließ, auf dem sie immerhin fünfzig Jahre gelebt hatte. Zuerst wollte ich es nicht glauben. Oma hat mit ihren zweiundachtzig Jahren mehr Power als ich, und das Heim ist keins von der billigen Sorte. Weiß der Himmel, wie sie das von ihrer kleinen Rente bezahlt. Aber sie war schon immer ein Finanzgenie und hat wahrscheinlich im Lauf der Jahre eine Menge Kies auf die hohe Kante gelegt. Jedenfalls stand ihr Entschluß fest. Und so war ich – fünfundzwanzig Jahre, gelernter Einzelhandelskaufmann in der Textilbranche, vier Wochen Jahresurlaub, bescheidenes Gehalt und entsprechender Lebensstandard, Bankkredit für die Ausstattung einer Dreizimmerwohnung, die ich mit Lebensgefährtin Jutta teilte, gebrauchter Ford – plötzlich stolzer Besitzer eines Bauernhofs, das Häuschen, wie ich es meiner Freundin schilderte, natürlich Fachwerk, rosenumrankt und strohgedeckt, Stallungen und Nebengebäude vielleicht ein wenig verwahrlost, aber noch gut in Schuß. Jutta staunte. «Du bist ja ein richtiger Glückspilz!» rief sie, und ihre Stimme hatte nach langer Zeit wieder einmal diesen rauchigen Klang, der in den letzten Wochen so oft von einem eher nörgelnden Ton verdrängt worden war. «Bei den Renovierungen helf ich dir natürlich, ist doch Ehrensache!» Sie hängte sich sofort ans Telefon, um all ihren Freunden und Bekannten diese Neuigkeit mitzuteilen, wobei Haus und Hof allmählich das Aussehen von Objekten annahmen, die man in den Samstagsausgaben der Zeitungen in der Rubrik Immobilienmarkt für eine lockere Million angepriesen bekommt.

Am dritten Advent machten wir uns auf den Weg. Bei der Besichtigung meines zukünftigen Kleinods wurde Juttas Gesicht lang. Ich zog sie zärtlich an mich. «Bald werden wir es hier rasend gemütlich haben», flüsterte ich ihr zu, während in dem kleinen Wohnzimmer die Adventskerzen vor sich hin kokelten und Oma den Kaffeetisch deckte.

«Bist du sure?» flüsterte sie fröstelnd zurück, denn Omas Zimmer war mit knapp siebzehn Grad nicht übertrieben warm, und betrachtete angewidert die wirklich schon recht vergammelt aussehenden Hängeschränke in der Küche, den Küchentisch mit der abgeschabten Resopalplatte und das ausgetretene Linoleum. «Wird 'ne Menge Geld kosten.»

Aber ich sah alles durch eine rosarote Brille, und vor meinem geistigen Auge verwandelte sich die Einrichtung bereits in eine schnuckelige Bauernküche, wie man sie in Katalogen präsentiert bekommt, aus Holz und mit geschnitzten Herzchen in den Stühlen. Auch der von Jutta beanstandete dumpfe Geruch, den das Haus ausströmte, störte mich nicht. Unter der abgetretenen, mit Flecken verzierten Auslegeware in Omas Wohnzimmer schimmerten für mich schon die alten Dielen in honigfarbenen Tönen.

«Da haste aber 'ne Menge zu ackern», sagte Jutta. Sie sagte «du» und nicht «wir» wie bisher. Das hätte mich warnen sollen. Dann ließ sie sich in Omas abgewetzten Fernsehsessel fallen und trank mit Genuß, den kleinen Finger zierlich abgespreizt, Omas wirklich erstklassigen Kaffee. Doch bald drängte sie zur Heimfahrt und ließ mir kaum Zeit, einen Blick auf den Garten und die Stallungen zu werfen.

Oma grinste ein bißchen. Sie hatte bereits ihr Urteil gebildet und hielt, wie sie nun mal war, damit auch nicht hinterm Berg. «Das ist eine von der quirligen Sorte, mein Junge. Heute hier und morgen da.»

Auf dem Rückweg blieb Jutta schweigsam. Und als ich auf Omas Umzug zu sprechen kam, bei dem wir ihr unbedingt helfen müßten, sah sie mich nur kühl an. «Ich höre immer: wir. Du bist doch ihr Enkel!»

Ich reagierte gekränkt. «Und du profitierst davon.»

«Ich hab's nur so dahingesagt.» Jutta lenkte ein. «Im Augenblick ist nur so rasend in der Praxis zu tun. Der Doktor spart an allen Ecken und Enden und hat schon die zweite Arzthelferin entlassen.»

Ich bin kein nachtragender Mensch und erzählte ihr von den Heiligabenden meiner Kindheit, die ich oft mit meinen Eltern bei Oma verbracht hatte, ließ Bratäpfel im Kachelofen brutzeln, schilderte den leckeren Gänsebraten, den es am ersten Feiertag gab, natürlich mit Äpfeln und Kastanien gefüllt, und wie wir dann unter einem funkelnden Sternenhimmel durch glitzernden Schnee zur Kirche gestapft waren. «Wenn wir nach Hause kamen, zündete Oma die Weihnachtskerzen an und...» Ich verzichtete darauf, den Satz zu beenden. Jutta war längst eingeschlafen. Und ich erinnerte mich dunkel, daß es mit dem Schnee meist nicht sehr weit her war.

Im Laufe des Frühjahrs zog Oma um. Sie nahm ohne jede Wehmut Abschied von ihrem

Haus. «Vorbei ist vorbei, mein Junge. Man soll nie rückwärts schauen.» Das Heim war ja auch wirklich klasse. Sogar ein Schwimmbad gab es, und an Gesellschaft mangelte es ihr nicht. Fast ihr gesamtes Kaffeekränzchen war inzwischen dorthin übergesiedelt und zwitscherte nun in ihrem kleinen Apartment rein und raus, meist Witwen aus ihrer Gegend, die sie schon von der Schulzeit her kannte.

Nach Omas Umzug begab ich mich sogleich zu meiner Scholle. Sie präsentierte sich an diesem herrlichen Frühlingstag in bestem Licht. Die Katze des Nachbarn strich mir mit wohlwollendem Schnurren um die Beine, eine vorüberschwirrende Amsel setzte mir als Glücksbringer einen Klecks auf den Ärmel, der Flieder stand in voller Blüte, und das Haus wirkte mit seinen leergeräumten Zimmern heller und größer. Als erstes entrümpelte ich den Dachboden. Was hatte Oma nur alles aufgehoben! Jede Menge deckelloser Weckgläser und brüchiger Gummiringe, große und kleine Kartons, eine Schachtel voller Korken, ausrangierte Küchenutensilien, darunter schartige Messer und verrostete Gabeln, alte Schuhe von ihr und Stiefel von Opa, die mir aber später noch gute Dienste leisteten. Stapelweise alte Zeitschriften, henkellose Plastikeimer, an Schnüren hängende, völlig geschrumpfte Zwiebeln, Besenstiele ohne Besen, Reste der Auslegware und verfilzte Wolldecken. Aber es gab auch Entdeckenswertes: ein Spinnrad, eine kleine Windmühle, einen Brottrog und ein Butterfaß.

In der ersten Zeit gab sich meine Freundin redlich Mühe, mir behilflich zu sein. Während ich alte Tapeten abriß, Farbe rührte, Fenster und Türen strich und mich damit abquälte, die alte Auslegware zu entfernen, versuchte Jutta, gegen den Staub durch Kopftuch und Taucherbrille geschützt, die Lackfarbe von dem Geländer zum Dachboden mit einer Art Nagelfeile Millimeter für Millimeter abzuschmirgeln, um, wie sie sagte, die herrliche Maserung des jahrhundertalten edlen Holzes wieder zur Geltung zu bringen. Doch sie verlor schnell die Lust an dieser Sisyphusarbeit und legte sich lieber im Hof in die Frühlingssonne. Braun werden war jetzt ihr wichtigstes Ziel, das sie bald mit ihren Freunden teilte, so daß immer ein fröhliches Treiben herrschte. Man bewunderte meinen Fleiß, gab mir großzügig von den mitgebrachten Getränken ab und überließ mich dann wieder meiner Tätigkeit.

Mit Einbruch des Herbstes kamen die Freunde nur noch selten. Auch Jutta machte sich rar, und da ich meist von der Arbeit gleich zu meinem Häuschen fuhr, hatte sie die Wohnung praktisch für sich allein. Inzwischen hatte mir zu meiner Überraschung mein Chef gekündigt, übrigens als einzigem in der Firma. Er sprach von schlechter Konjunktur und Rationalisierung. Es falle ihm wirklich schwer, das könne ich ihm glauben. Aber ich hätte schließlich keine Familie wie die anderen und noch dazu einiges Kapital durch die Erbschaft. Ich bekam eine Abfindung, und da mir noch bezahlter Urlaub zustand, konnte ich gleich zu Haus bleiben. Jutta bedauerte mich sehr, nannte mich ein armes Schwein und teilte mir im selben Atemzug mit, daß sie sich von mir trennen wolle. Man sehe sich ja auch nur noch selten, und da ergebe es sich einfach so. Sie schlug vor, meine Wohnung zu übernehmen, denn ich würde ja nun durch die veränderte Situation sicher ganz in meine «Kate» ziehen. Und so fand ich, die Großstadtpflanze, zugegebenermaßen etwas unfreiwillig, wieder zur Natur zurück, und Natur gab es hier wirklich reichlich, vor allem in Form von Brennesseln.

Zu meiner Oma, die, wie ich gestehen muß, in den letzten Jahren von mir nicht gerade mit Besuchen verwöhnt worden war, hatte ich nun zwangsläufig wieder mehr Kontakt. Sie war, außer dem Briefträger und der mürrischen Frau im Dorfladen, von der man weiter nichts zu hören bekam als: «Haben wir nicht, führen wir nicht», der einzige Mensch, mit dem ich ein

Wort wechseln konnte. Das Auto hatte ich abschaffen müssen. Aber das Heim war bequem mit dem Rad zu erreichen, und wenn ich dort auftauchte, schien sich jedermann zu freuen. Die Heimleiterin drückte ein Auge zu, wenn Oma mich mit in den Speiseraum brachte, und ich muss sagen, das Essen dort schmeckte wesentlich besser als das, was ich mir selbst so zusammenrührte. Die Frauen waren in der Überzahl, und die Handvoll alter Männer schien sich vor ihnen und ihrer großen Betulichkeit zu fürchten. Jedenfalls rotteten sie sich immer irgendwo allein zusammen, und als sie mitbekamen, daß ich regelmäßig das Schwimmbad säuberte, um mich für die Mahlzeiten zu revanchieren, nickten sie sich vielsagend zu, und einer von ihnen sagte: «Sei wachsam, Kumpel! Laß dich nicht von denen abschleppen.» Darüber mußte ich ja nun herzlich lachen, denn Oma ließ mich fühlen, daß sie auf meine Besuche gut verzichten konnte. Jedesmal wenn ich kam, war sie im Rentnerstreß und sagte: «Ach du, Junge? Ich bin gerade auf'm Sprung, in die Stadt zu fahren.»

Aber so viel Zeit, sich mit mir gemeinsam zu überlegen, wie ich meine Finanzen aufbessern könnte, blieb meistens doch, denn Arbeit war nicht in Sicht, bis auf gelegentliche kleine Tätigkeiten im Heim. Der Hausmeister war seit

Wochen krank, und da gab es immer einiges zu tun wie quietschende Türen ölen, den Rasen mähen, Blumenrabatten durchhacken, kleinere Reparaturen und die Heizung kontrollieren. Dabei war ich meist umlagert von neugierigen alten Damen, die sich für mein Leben brennend interessierten, mich mit Schokolade und Obst füllten und sich um meine Gesundheit sorgten.

Oma gab mir den Rat, meine Kasse mit den Früchten aus Wald und Feld aufzubessern. Ich machte mich also schon vor Tau und Tag auf die Socken, um eventueller Konkurrenz zuvorzukommen, zerkratzte mir an den Sträuchern Arme und Hände und griff in den Koppeln mit Todesverachtung unter Kuhfladen, das Lieblingsversteck der Champignons. Die Ausbeute war beachtlich. Aber kaum war das Geschäft angelaufen, geisterten mal wieder die radioaktive Wolke von Tschernobyl und ihre verheerenden Folgen, die sich besonders an den Pilzen zeigen sollten, und der Fuchsbandwurm durch die Medien. Der Fuchsbandwurm war womöglich noch gefährlicher, und man konnte ihn beim Essen von Himbeeren und Brombeeren leicht erwischen.

Aber kein Gedanke daran, daß Oma mich wegen dieses Fehlschlags nun bedauert hätte. «Das ist nun mal so in der Landwirtschaft», belehrte sie mich. «Da trägst du das volle Risiko. Dafür bist du ein freier Mensch. Das sollte dir die Sorge wert sein.» Sie warf mir einen scharfen Blick zu. «Komm ja nicht auf die Idee, den Hof zu versilbern. Du weißt, fünfzig Prozent vom Preis gehören dann mir.» Nach dieser Drohung fiel ihr jedoch, inspiriert durch einen Artikel in einem ihrer geliebten bunten Blätter, gleich wieder etwas Neues ein: ein fahrbarer Hundesalon. Also, ich hatte da ja echt meine Zweifel. «Bist du sure?» fragte ich in Juttas Tonfall.

Oma funkelte mich an. «Sprich gefälligst deutsch mit mir, sonst rede ich nur noch platt.» Darüber mußten wir beide lachen, und sie fuhr besänftigt fort: «Du mietest dir ein Wohnmobil und richtest es als Hundesalon her.» Es gebe ja so viele Städter, die inzwischen aufs Land gezogen seien, mit all den merkwürdigen Kötern. Neulich sei so ein grausliges Geschöpf, bestückt mit Lockenwicklern, von einer Besucherin mitgebracht worden. Darüber mußten wir wieder lachen, und Oma sagte ganz animiert: «Jetzt soll's ja bei manchen Tierärzten sogar ein Trauerzimmer geben, wo das Tier auf einer bequemen Matratze eingeschläfert wird, und sein Besitzer kann ihm dann bis zuletzt die Pfote oder die Kralle halten. Das sind doch wirklich alles Bekloppte!» Ich war peinlich berührt. Oma hatte es schon immer an einem gewissen Einfühlungsvermögen gemangelt, und ich fand auch, daß sie in ihrem hohen Alter mehr Würde zeigen sollte. Aber allmählich gewann ich Geschmack an ihrer Idee. Sie vermittelte mich an die Besitzerin eines Hundesalons, die sie mir als eine Frau in jugendlichem Alter beschrieben hatte. «Sie wird dir gern mit ihrer Erfahrung zur Seite stehen.»

Die «jugendliche Frau» entpuppte sich als eine energische, vollbusige Endfünfzigerin mit schneeweißem Pagenkopf, die ein Tier nur scharf anzusehen brauchte, und schon kuschte es. Aber sie erwies sich als eine gute Lehrmeisterin, und ich lernte schnell bei ihr, jedem Hund das richtige Outfit zu geben. Kaum zu glauben, was so ein gepflegter Hund seinem Besitzer für Arbeit macht. Schon allein die Auswahl und Pflege der Garderobe! In einem Katalog auf Hochglanzpapier war alles enthalten, was ein Hundeherz angeblich erfreut, vom Motorradanzug bis zum Trachtenlook. Und ich erfuhr, daß es sogar spezielle Hundehotels gab, überaus luxuriös ausgestattet, mit Kamin, Fernseher, Himmelbett und was sonst noch zum Lifestyle eines exklusiven Hundes gehörte, Frühstück ans Körbchen eingeschlossen.

«Sag ich ja. Sind doch alles Bekloppte», meinte Oma, als ich ihr davon erzählte.

Es war eine lehrreiche Zeit, obwohl ich mich

an den strengen Geruch gewöhnen mußte, der von all den leckeren Delikatessen ausging, die sich in Form getrockneter Rinder- und Schweinsohren und den verschiedensten Sorten Hundekuchen darboten. Erstaunlich war auch, was man von den Kunden alles so Privates zu hören bekam.

Ich hatte inzwischen einen Campingwagen sehr günstig mieten können und ihn für meine Zwecke eingerichtet. Meine Chefin überließ mir großzügig alles, was der Laden bot, in Kommission. Und so machte ich mich mit Hundekörbchen in allen Größen und Formen, darunter eins, das wie ein Auto hergerichtet war, Trillerpfeifen, straßbesetzten Hundehalsbändern und jeder Art von Spielzeug auf den Weg.

Doch leider erwies sich das Unternehmen als ein Flop. Wenn ich mein kanariengelbes Gefährt im Ortskern geparkt hatte und dann, wie früher der Scherenschleifer, von Tür zu Tür zog, um meine Dienste anzubieten, stieß ich zwar auf eine Menge mich anknurrender Hunde, aber bei den Besitzern nur auf wenig Interesse, sie modisch frisieren und herrichten zu lassen. Nur nach Bällen und quietschenden Igeln aus rosa Plastik, Büffelknochen, getrockneten Schweins- und Rinderohren, Flohhalsbändern und Bürsten bestand eine gewisse Nachfrage. Die Bauern dagegen sahen mich nur verständnislos an oder lachten sich halb kaputt. Wer hatte denn schon so was gehört! Einen Hofhund zu schamponieren! Wenn es wirklich mal not tat, den Köter zu waschen, gab's ja noch den Gartenschlauch. Die Kataloge sahen sie sich allerdings gern an. «Kiek mal, Erna. Sogar 'n Hut haben se dem Dackel aufgesetzt.»

Es blieb mir nichts anderes übrig, als das Geschäft nach ein paar Wochen wieder aufzugeben. Die alten Damen im Heim umflatterten mich tröstend. Nur Oma redete mal wieder energisch mit mir: «Wie kann man nur so trübetümplig sein. Noch bist du ja nicht im Schuldturm» und kam gleich wieder mit ihren Geschichten, als sie mit vierzehn Jahren bereits beim Bauern in Stellung gehen und bei Wind und Wetter Rüben hacken mußte, während ich mich bei diesem Novemberwetter hinter den warmen Ofen hocken konnte. Ich sollte nicht Löcher in die Luft starren, sondern mir gefälligst was anderes einfallen lassen.

Aber ich beschloß, mich erst mal von dem Schock zu erholen, pusselte weiter an meinem Haus herum und verdiente mir hier und da etwas. Als ich wieder einmal durch die Landschaft radelte, lernte ich eines Tages Otto und seinen Archehof kennen: halb Museum, halb Anschauungsunterricht am lebenden Objekt darüber, was es in früheren Zeiten so an landwirtschaftlichen Geräten und Nutztieren gegeben hatte, so daß der Besucher einen Eindruck davon bekam, wie sich das bäuerliche Leben damals abspielte, als man noch zwölf Stunden arbeitete und es zum Frühstück nur Hirsebrei gab. Die Bekanntschaft war rein zufällig. Während des Radelns sah ich einen alten Mann mit Schlapphut und Bart, der hinter einem Schwein herrannte, das offensichtlich ausgebrochen war. Ich half ihm, es wieder einzufangen, worauf er mich zu einem Bier einlud. Beim näheren Hinsehen entpuppte sich der Greis als ein junges Kerlchen von höchstens zwanzig Jahren, der sich, wie er mir später verriet, so ein seriöseres Aussehen geben wollte. Stolz führte er mich überall herum, und ich muß sagen, er hatte die Sache spitzenmäßig aufgezogen. Da gab es Ferkel, so sauber wie aus einer Marzipanfabrik, Schafe, Ziegen und einige Kühe, an denen er das Melken per Hand vorführte, ein Gespann wackerer Ackergäule, einen selbstbewußten Hahn im bunten Gefieder, der auf dem Hof herumkrähte. Im Hof standen altmodische Leiter- und Bretterwagen in Reih und Glied, und im Garten zog er, wie er mir erklärte, nur traditionelle Obst- und Gemüsesorten, kein Spalierobst mehr, sondern hochstämmige Bäume, und in kleinen Mengen baue er jetzt auch Hanf, Flachs und Buchweizen an. Sogar eine kleine Schmiede hatte er sich eingerichtet, um demonstrieren zu können, wie man ein Pferd beschlägt. Wer wollte, konnte sich zeigen lassen, wie man mit landwirtschaftlichen Geräten aus früherer Zeit umgeht, und eine Runde pflügen. Das, sagte Otto, fänden die Männer echt stark, man müsse nur aufpassen, daß sie sich vor lauter Eifer nicht in Stränge und Leinen verwickelten. Außer Enten und Gänsen hatte er jede Menge Hühnervolk, und im Sommer, so erzählte er mir, summten emsig Bienen um ihr strohgeflochtenes Haus, und auf dem Dachfirst klapperte ein Storch. Ich war beeindruckt. Er grinste mich an und sagte: «Im übrigen mußt du die Leute dumm und dußlig reden. Ob das nun alles so stimmt, spielt keine Rolle.»

Als ich wieder nach Hause radelte, hatten wir Freundschaft geschlossen, und in meinem Kopf rumorte der Gedanke, ob ich nicht Ähnliches versuchen sollte. Ganz erfüllt von meinem Plan, fuhr ich sogleich zu Oma, um ihr davon zu erzählen. Aber sie hatte mal wieder, wie sie sagte, keine Zeit für mich. Sie wollte gerade ins Kino und unbedingt den Film sehen, von dem sie alle im Heim redeten. Den Titel wußte sie nicht mehr genau. Irgend etwas von einer instinktlosen Base.

«Etwa ‹Basic Instinct›?» rief ich entsetzt. «So was willst du dir ansehen?»

«Warum nicht?» Und schon war sie aus der Tür.

Auf dem Gelände des Heims lief ich der Heimleiterin in die Arme.

«Hallöchen!» begrüßte sie mich munter. «Sie sind ja hier schon richtig Kind im Haus!»

«Ich hab nur nach meiner Großmutter gesehen und muß jetzt schnell wieder auf den Hof zurück», sagte ich etwas reserviert, denn der Ausdruck «Kind im Haus» gefiel mir nicht.

Aber sie war noch nicht zu Ende. «Es ist sehr fraglich», fuhr sie fort, «ob unser Hausmeister nicht früher in Rente geht. Hätten Sie nicht Lust, sein Nachfolger zu werden? Überlegen Sie sich's doch mal.»

Das tat ich. Und hatte ich vorher noch an meinem Plan gezweifelt, so war ich jetzt «sure». Die Idee mit dem Archehof war das Risiko wert.

Natürlich hatte ich nicht die Möglichkeit, dieses Projekt in einem so großen Rahmen wie Otto aufzuziehen. Dazu waren der Hof zu klein und meine Mittel zu bescheiden. Aber schließlich hatte auch nicht jeder Zoo Gorillas und Tiger und existierte trotzdem. Das Haus hatte sich inzwischen sehr gemausert, obwohl es, genau genommen, immer noch an vielem fehlte. So ein Haus hält einen mehr in Atem als jede Freundin, und wenn man es vernachlässigt, verwahrlost es in Null Komma nichts. Nur im Garten war noch eine Menge zu tun. Um den hatte ich mich wenig gekümmert. Und auch im Stall und in der Scheune sah es immer noch ziemlich wild aus.

Otto bewährte sich als guter Kumpel. Er brachte mir das Melken bei und zeigte mir, wie man mit Egge und Pflug umgeht. «Im Frühjahr packen wir's dann an», versprach er mir. «Jetzt kommt sowieso kein Aas.»

Damit hatte er recht. Auch zu mir verirrte sich niemand mehr. Wie sollte er auch, wo jetzt alles im Regen schwamm und die Pfützen meterbreit standen. So nahm ich die Einladung der Heimleiterin, den Heiligabend mit den Senioren zu verbringen, nur zu gern an. Man hatte sich große Mühe gemacht, das Haus weihnachtlich herzurichten. Die Flure waren mit Tannengrün geschmückt, auf den Fensterbrettern standen Weihnachtssterne, und im Speiseraum war ein großer Christbaum aufgestellt mit allem, was dazugehört, wie Engelshaar, Lametta, bunten Kugeln und Strohsternen und zu seinen Füßen eine Krippe. Auf den Tischen standen Kerzen und holzgeschnitzte Engelchen, und die Heimleiterin hielt eine mit vergnüglichen Anspielungen gespickte Rede, die sehr bekichert wurde. Auf meinem Platz häuften sich die Geschenke des Kaffeekränzchens, und das vortreffliche Weihnachtsmenü tat ein übriges, so daß ich mich den alten Frauen gegenüber von der charmantesten Seite zeigte. Es herrschte eine sehr vergnügte Stimmung, bis es ein unerwartetes Gepolter gab. Jemand hatte einen Schwächeanfall bekommen, und der Rest des Abends bestand aus hastigem Hin- und Herlaufen, kreisendem Blaulicht vor dem Eingang, zwei Sanitätern, die mit einer Trage erschienen, und erregtem Getuschel unter den Bewohnern. Bald verzog sich jeder in sein Apartment, und ich machte, daß ich nach Haus kam.

Silvester feierte ich mit Otto und seinen Freunden. Doch die rechte Stimmung wollte sich bei mir nicht einstellen. Obwohl ich mich mühte, mir das nicht anmerken zu lassen, gaben mir die jungen Frauen doch deutlich zu verstehen, daß sie mich für einen ziemlichen Langweiler hielten. Und Otto sagte etwas spöttisch: «Du bist ja ein richtiger Partyschmeißer.» Ich dachte jetzt häufiger wieder an Jutta und was sie wohl gerade so machte. Aber anrufen wollte ich sie nicht.

Das Frühjahr kam, und zum Grübeln blieb mir wenig Zeit. Als erstes verschaffte ich den Schwalben wieder die Möglichkeit, ein Nest über der Haustür zu bauen. Ich befestigte dort ein neues Brett, das ich vor einem Jahr entfernt hatte, weil sie mir den Eingang so vollkleckerten. Die Schwalben nahmen das Angebot an.

Bald mußten die Jungen gefüttert werden, und es herrschte ein emsiges Hin und Her. Dazu richtete sich zu meiner Freude ein Specht in einem Astloch meines alten Birnbaums ein. Allerdings ging mir das rasende Gehämmer des Tieres, das anscheinend noch nie etwas von einer Fünfunddreißig-Stunden-Woche gehört hatte, reichlich auf die Nerven. Auch das Storchenpaar kehrte in das hergerichtete Nest auf der Scheune zurück, und ich hörte eine Nachtigall, von der Otto allerdings behauptete, es sei nur eine Amsel. Er sorgte dafür, daß nun endlich wirkliches Leben auf den verwaisten Hof kam. Spenden für mein Unternehmen flossen dank seiner Unterstützung reichlich. Die Bauern zeigten sich überaus freigebig. Das Glanzstück waren zwei schon recht betagte Kaltblüter, die über ihre eigenen Beine stolperten und sich nie hinlegten, in der weisen Voraussicht, dann womöglich nicht mehr hochzukommen. Aber sie sahen noch recht stattlich aus. Sie hießen Miez und Mausi und erwiesen sich als gutartige, friedfertige Geschöpfe, auch wenn sie beim Striegeln gern vertrauensvoll ihre schweren Hufe auf meinen Fuß stellten. Sogar eine Kuh bekam ich geschenkt. Sie war allerdings vom Milchgeben so weit entfernt wie Oma vom Kinderkriegen, aber sonst noch ganz gut beieinander. Dann waren da noch das Schaf Susi, prächtig in der Wolle, wenn auch blind, so daß es die erste Zeit dauernd gegen die Stallpfosten rannte, bis es den Eingang richtig abschätzen konnte, eine außerordentlich böse Ziege, Gritli gerufen, die gleich stürmisch auf mich losging, bis ich ihr gezeigt hatte, wer hier Herr auf dem Hof war, und ein rundliches Zwergpony mit Huffäule und vielen kahlen Stellen im Fell, ein Hahn, dazu ein Dutzend federlose Junghennen aus einer pleite gegangenen Hühnerfarm. Sie ergriffen gackernd vor jedem Regenguß die Flucht und rannten verängstigt in den Stall zurück, sobald sie ein Flugzeug hörten. Vervollständigt wurde der Tierbestand durch fünf mit Durchfall behaftete Gänse, einige Enten und, zu guter Letzt, einen einohrigen, humpelnden Schäferhund, ein vielfach prämiertes Tier und einst der ganze Stolz seines Schäfers, bis er sich auf einen Kampf mit einem Schafbock eingelassen hatte. Allmählich konnte ich mich nicht des Eindrucks erwehren, daß man sich, wie zuweilen bei Spendenaktionen für unterentwikkelte Länder, auf diese elegante Weise von allem zu befreien versuchte, was man los sein wollte. Ich lehnte deshalb jede weitere Spende energisch ab. Schließlich war ich kein Obdachlosenasyl für flügellahme Tauben, erkältete Igel, die sich hustend durchs Laub wühlten, und verwahrloste Katzen. Dagegen hielt man sich mit ausrangierten Milchkannen, Ackerwagen und Geschirren leider sehr zurück. Von denen mochte sich niemand trennen. Dieses Handwerkszeug der Vorfahren war schließlich inzwischen eine Menge Geld wert und das Fernsehen für seine Serien ganz verrückt danach.

Die vielen Tiere hielten mich ganz schön in Trab und ließen mir kaum Zeit, auch die Scheune ein wenig dekorativ herzurichten. Ich machte die Tenne besenrein, stellte einen Holztisch und ein paar Stühle, die ich noch auf dem Boden gefunden hatte, hinein sowie Butterfaß, Brottrog und Spinnrad. In der Mitte hängte ich eine Erntekrone an einen Balken, aus der es allerdings schon kräftig rieselte, und umrahmte das Ganze mit Blumenkästen voller Geranien. Zum Schluß taufte ich meinen Hof auf den Namen «Sorgenlos», pries dieses Juwel auf einem großen Plakat, das ich draußen vor dem Tor anbrachte, ziemlich dilettantisch an und gab Besichtigungszeit und Eintrittspreis bekannt. Dann wartete ich hoffnungsvoll auf die ersten Besucher.

Aber das Interesse war mäßig. Obwohl die Straße ins Dorf direkt bei mir vorüberführte, hielt kaum ein Auto an. Nur ein paar Kinder glotzten über den Jägerzaun, und ließ sich wirklich mal jemand blicken, wollte er nur telefonieren oder sich nach dem Weg erkundigen.

Deprimiert hockte ich nach langer Zeit wieder mal bei Oma rum, aber sie wollte keine Klagen hören. «Nun wirf bloß nicht so schnell die Flinte ins Korn. So was dauert halt seine Zeit, bis es sich herumgesprochen hat.»

Ein paar Tage später kam sie mit ihrem Kaffeekränzchen angetrabt und nahm die Zügel in die Hand. Sie hatten sich ihre Dorftracht angezogen und sich mit einem merkwürdigen Kopfputz geschmückt, der aussah, als stamme er von Seeräubern. Sie machten es sich in der Scheune gemütlich. Oma kramte aus ihrer Tasche Rohwolle und begab sich damit ans Spinnrad, während die anderen häkelten oder strickten. Dann begannen sie zu singen: «Mädel, ruck, ruck, ruck an meine grüne Seite.» Es klang nicht schlecht, aber nach einiger Zeit ging mir diese Volksliederarie ziemlich auf die Nerven, und meine Ohren sehnten sich nach ein bißchen Technomusik oder wenigstens Rock.

Doch der Erfolg gab Oma recht. Spaziergänger blieben erst stehen und betraten dann zögernd mein Grundstück, und kaum konnte man von der Straße aus eine Gruppe auf dem Hof stehen sehen, hielten ein, zwei weitere Autos an, und die Insassen spazierten hinterher.

Dank der singenden Alten florierte das Geschäft bald, zumal sich viele der blessierten Tiere inzwischen prächtig erholt hatten. Die Hühner prangten wieder im Federschmuck und legten ordnungsgemäß ihre Eier in die dafür bestimmten Nester, das Pony hatte ein dichtes Fell bekommen, und Leo, der gelehrige Schäferhund, apportierte die Eier, ohne ein einziges zu zerquetschen. Großen Anklang fanden auch die beiden Ferkel, die sich inzwischen noch bei mir eingefunden hatten, und das wie die meisten meiner Tiere etwas überalterte Hängebauchschwein. Bei schlechtem Wetter versammelte man sich in der Scheune, wo Oma Geschichten aus ihrem Leben als Bäuerin erzählte, in denen es von Kugelblitzen, Hausgeistern und Hexen nur so wimmelte, die sie aber, wie sie mir später gestand, einem alten Heimatkalender entnommen hatte. Bei schönem Wetter mühte sich der weibliche Teil der Besucher damit ab, an einer künstlichen Kuh melken zu lernen, und ich zeigte den Männern, wie man einen Pflug führt. Abwechselnd spannte ich Mausi oder Miez davor, gab einem Besucher die Zügel in die Hand, und er stolperte, im Bemühen, den Pflug tief genug runterzudrücken, hochrot im Gesicht und mit vielen «ho, ho!» über meine kleine Koppel dem Pferd hinterher. Dann ließ ich ihn die Furche wieder zuharken, und der nächste war an der Reihe. Auch fanden sie viel Spaß daran, die Brennesseln im Garten mit einer Sense oder einer Sichel zu mähen, was mir aber, weil sie sich derart ungeschickt dabei anstellten, schnell zu gefährlich wurde. Zum Abschluß setzten sie sich dann auf die Bank vor dem Haus und beobachteten belustigt das Storchenpaar, das wohl, wie eine junge Frau sich ausdrückte, nicht das rechte Feeling füreinander hatte. Jedenfalls kabbelten sie sich die ganze Zeit und schlugen sich die Schnäbel um die Ohren. Ich brühte Kaffee auf und servierte den aus Hefeteig und Zucker bestehenden Freud-und-Leid-Kuchen, wie er im Ort genannt wurde.

Zu meiner Erleichterung ließen sich Oma und ihr Kaffeekränzchen jetzt nicht mehr so häufig blicken. So sehr ich ihre Hilfe geschätzt hatte, fühlte ich mich doch auch von ihnen vereinnahmt und in die Ecke gedrängt. Und so gab ich ihnen ein paarmal zu verstehen, natürlich in taktvoller Weise, daß ich ganz gut allein zurechtkäme, was auch stimmte, denn mein Konzept war inzwischen geändert worden. Es hatte sich mittlerweile eine Art Stammkundschaft herausgebildet, und sie zeigte mehr Interesse an einzelnen Tieren. So hatte eine verhärmt aussehende, frisch geschiedene Hausfrau ihr Herz für Gritli entdeckt und immer irgendwelche Leckerbissen für sie parat, so daß die Ziege bei ihrem Anblick weniger tückisch als sonst kuckte und ein wohlwollendes Meckern hören ließ. Ein zehnjähriger Junge wiederum fand Leo, den humpelnden Hund, der Eier apportieren konnte, ohne sie zu zerquetschen, echt stark, und ein yuppiehaftes kinderloses Ehepaar fragte, ob ich ihnen nicht das Zwergpony verkaufen könne. Das fänden sie einfach zu süß. Außerdem würde es sich in ihrem Garten sehr dekorativ machen. Das lehnte ich natürlich ab, aber es brachte mich auf eine Idee. Ich beschloß, die Tiere zu versteigern, unter der Bedingung, daß sie als Pensionsgäste weiter bei mir blieben. Pflege und Futter müßten dann natürlich bezahlt werden.

Die Stammgäste waren begeistert, und die Auktion wurde ein voller Erfolg. Das, was die Tiere nun abwarfen, schien mir ein beschauliches Leben zu sichern, für das Oma und ihr Kaffeekränzchen nicht mehr unbedingt vonnöten waren. Oma wirkte zum ersten Mal etwas verstimmt, obwohl sie sagte, sie sei nur froh darüber, nun könne sie endlich wieder mehr ihr eigenes Leben führen, und ärgerte sich über ihre Freundinnen, die sehr betrübt darüber waren und mir immer wieder zu verstehen gaben, wie ungern sie sich von mir trennten. Und so sagte ich ihnen lauter nette Sachen, um sie zu beschwichtigen.

Doch was ich nicht vorausgesehen hatte, war, daß Tierliebhaber einem ganz schön auf den Geist gehen können. Sie kamen nun dauernd angefahren, um ihren Lieblingen einen Besuch abzustatten und zu sehen, ob es ihnen auch an nichts mangelte. Das süße Zwergpony wurde so lange geputzt und gewaschen, bis es eine Allergie bekam. Die blankgeschrubbten Ferkel suchten hinterher lange auf dem Hof herum, bis sie etwas fanden, worin sie sich wälzen konnten, um wieder wie normale Schweine zu riechen. Gritli entwickelte eine starke Abneigung gegen frisches Gras, das man ihr büschelweise unter die Nase hielt, und Susi versuchte, wenn auch nur mit einem schwachen «Määh», dagegen zu protestieren, daß ihre Besitzerin ihrem wolligen Fell mit einer Papierschere zu Leibe rückte.

So wurde ich ganz schön in Trab gehalten. Wenn sie nicht selbst erschienen, klingelte andauernd das Telefon. Ich gab Auskunft über den Gesundheitszustand der einzelnen Tiere und versicherte hundertmal, wie sehr sich der kleine Liebling nach ihnen sehnte. Otto lobte mich: «Mensch, das läuft ja bei dir spitzenmäßig!» Und dann machte er den Vorschlag, ich solle doch das Weihnachtsfest gemeinsam mit meinen Kunden in der Scheune feiern, das wäre doch der Knaller. Otto hatte recht. «Was für eine originelle Idee», meinten sie begeistert.

Ich ging also mit Feuereifer ans Werk. Die Unterbringung der vielen Tiere in der nicht allzu großen Scheune bereitete mir einiges Kopfzerbrechen. Allein die Kuh und Miez und Mausi beanspruchten reichlich Platz. Aber irgendwie ging es dann doch. Die Tiere waren ja inzwischen so an Menschen gewöhnt, daß sie uns fast als ihresgleichen ansahen und sich von unserer Anwesenheit nicht beunruhigt fühlten. Ich richtete die Scheune weihnachtlich her, verteilte zum Sitzen Strohballen auf der Tenne, sorgte für Getränke und Gebäck, stapelte ein paar Decken und kam vor lauter Arbeit richtig ins Schwitzen. Ich war spät dran und verfluchte deshalb das klingelnde Telefon. Diesmal war Oma dran, die mir ein frohes Weihnachtsfest wünschen und sich erkundigen wollte, wie alles so lief. «Bestens!» rief ich, und meine Stimme muß wohl etwas ungeduldig geklungen haben, denn sie sagte nur kurz: «Dann will ich nicht weiter stören. Frohes Weihnachtsfest, mein Junge.» Und ehe ich überhaupt zum Zuge gekommen war, hatte sie schon wieder aufgelegt. Aber da kamen auch schon meine ersten Gäste mit kleinen Geschenken für ihre Tiere. Die Stimmung in der Scheune hätte nicht besser sein können. Wir sangen Weihnachtslieder, wobei wir unter viel Gelächter feststellten, daß wir meistens nur noch die erste Strophe kannten, und kamen uns näher, ich vor allem einer jungen Lehrerin, die mich schon seit einigen Wochen zu beschäftigen begann. Wie sie so neben mir saß mit ihrer Henne auf dem Schoß und sanft über deren aufgeplustertes Gefieder strich, überkamen mich nach langer Zeit wieder zärtliche Gefühle. Ich legte vorsichtig den Arm um ihre Schulter, was sie sich nicht ungern gefallen ließ, und schnupperte endlich einmal wieder, nach dem Kuh-, Pferde-, Schweinegemisch, teures Parfüm. Es wurde das stimmungsvollste Weihnachtsfest meines Lebens, und das in ganz eigener Regie und ohne das übliche, ewig gleiche Familienprogramm. Die Tiere schienen meine Meinung zu teilen und gaben uns in ihrer Sprache kund, daß auch sie sich wohl fühlten.

Leider begann sich im neuen Jahr meine wirtschaftliche Lage zu verschlechtern. Meine Tierfreunde ließen sich immer seltener blicken und versäumten es, die Pension pünktlich zu zahlen. Auch die Freundschaft mit der hübschen Lehrerin welkte schnell dahin. Ja, sie meckerte jetzt sogar oft an den Eiern ihres Lieblings herum, die zugegebenermaßen auch nicht mehr von dem Huhn, sondern von Aldi stammten, und zeigte an ihrem Schützling sowie dem ganzen «Hof Sorgenlos» samt seinem Besitzer nur noch ein recht schwaches Interesse. Aber auch bei den anderen Kunden, die ihren finanziellen Verpflichtungen nachkamen, begannen die Tiere nur noch eine Nebenrolle zu spielen. Wahrscheinlich gaben sie jetzt diesen Tamagotchi-Küken den Vorzug, die viel niedlicher herumhüpften als naturgegebene. Nur von dem Weihnachtsfest schwärmten sie noch alle und waren der Meinung, daß man das unbedingt wiederholen müsse.

In der Vorweihnachtszeit ließen sie sich wieder häufiger blicken, und am Nikolaustag kam sogar ein Autoverkäufer im roten Kapuzenmantel mit Wattebart in den Stall. Bei seinem Anblick kletterte Gritli in Panik auf ihre Krippe und brachte den Schäferhund dazu, den Nikolaus mit der letzten Kraft, die ihm noch geblieben war, zu beißen.

Ich bereitete diesmal alles noch sorgfältiger vor und holte nach, was ich im letzten Jahr versäumt hatte, zum Beispiel, Sand bereitzustellen, um bei plötzlich einsetzendem Frost gegen das Glatteis gewappnet zu sein. So hatte ich bis zum letzten Moment eine Menge zu tun, und ein Blick auf die Uhr sagte mir, daß die Gäste eigentlich schon längst hätten da sein müssen. Aber es fiel mir dadurch noch rechtzeitig ein, daß ich unbedingt Oma anrufen mußte, um ihr ein frohes Weihnachtsfest zu wünschen. Sie wartete sicher schon darauf. Sie schien sich tatsächlich darüber zu freuen und fragte: «Seid ihr noch beim Feiern?» Und ich erklärte ihr, daß bis jetzt noch niemand gekommen sei, aber Städter verspäteten sich ja immer.

«Du klingst so komisch», sagte Oma, «bist du

erkältet?» Und ich sagte: «Ich muß jetzt Schluß machen. Grüß dein Kränzchen schön», und legte auf. Dann kehrte ich in die Scheune zurück.

Dort war es friedlich und warm. Das Hängebauchschwein grunzte im Schlaf, was Gritli unwillig meckern ließ, die Hühner kratzten ein bißchen im Stroh oder schliefen, und Miez und Mausi schnauften zufrieden. Draußen war es still, bis die Glocken anfingen zu läuten. Und ich dachte, daß unpünktliche Menschen wirklich das letzte sind. Doch da hörte ich das Geräusch eines Autos, die Wagentür klappte, Stimmengewirr, und dann kamen sie mit Gesang über den Hof gezogen. «Ihr Kinderlein kommet, o kommet doch all!» Eine Stimme schwebte darüber wie ein Bussard über einem Volk Hühner, Omas weittragender Sopran.

7 Jugendliebe

Beim Öffnen des Briefes mit dem Trauerrand mischten sich in ihm Schrecken und Neugierde. Wen hatte es denn nun wieder erwischt? Hoffentlich niemanden aus der Nachbarschaft oder aus seinem Verein, und er mußte womöglich zur Beerdigung bei diesem Schlackerwetter im Dezember. Er überflog hastig die Anzeige. «Sanfter Tod – nach langer Krankheit – meine über alles geliebte Frau – unsere gute Mutter und Schwiegermutter – in unendlicher Trauer.» Er ließ die Anzeige sinken. Evchen Richter!

Wehmut packte ihn, wie sie ihn jetzt immer häufiger überkam, merkwürdigerweise besonders bei Marschmusik. Dabei hatte er keinerlei heroische Gefühle empfunden, als es kurz vor Kriegsende noch hieß, er müsse zum Volkssturm, sondern mit seinen dreizehn Jahren großen Schiß gehabt. Bei der Generation zwischen vierzig und fünfzig stieß seine Begeisterung für Märsche auf leichtes Befremden, während die jungen Leute fern davon waren, daraus voreilige Schlüsse zu ziehen, und freundlich meinten: «Echt cool.»

Evchen Richter, seine Jugendliebe! Das brachte ihn nach langer Zeit zum ersten Mal wieder richtig aus dem Tritt. Nach dem Tod seiner Frau hatte ihm zunächst das Alleinsein sehr zugesetzt, aber jetzt führte er das beschauliche, für Gemüt und Körper bekömmliche Leben eines Rentners, und es gehörte schon etwas dazu, ihn aus der Ruhe zu bringen. Diese Anzeige zum Beispiel. Spontan beschloß er, zu Evchens Beerdigung zu fahren, obwohl der kleine Ort, in dem sie gelebt hatte und wo auch die Beisetzung stattfinden sollte, ziemlich umständlich zu erreichen war.

Im allgemeinen war Herbert Felten ein mit der Welt zufriedener Mensch und fand auch wenig an sich auszusetzen. Vielleicht sollte er manchmal nicht ganz so großzügig sein. Allmählich konnte sich der Nachbar nun wirklich selbst einen Schlagbohrer kaufen, statt mit großer Selbstverständlichkeit seinen mitzubenutzen. Vielleicht war er auch manchmal zu beherrscht. Er hätte den Busfahrer in bestimmtem Ton zurechtweisen müssen, als der ihn «Döskopp» nannte, nur weil er in der Angst, der Bus könne ihm davonfahren, anstatt den für das Öffnen der Tür vorgesehenen Knopf zu drücken, mit der Faust gegen die Scheibe geschlagen hatte. Aber er hatte nur halb verächtlich, halb verlegen gelacht, was der Busfahrer wohl als devotes Eingeständnis seiner Dusseligkeit ansah. Jedenfalls schickte er ihm noch ein mürrisches «Kaum zu glauben» hinterher.

Morgens beim Rasieren musterte Herbert sich durchaus mit Wohlwollen. Seine Haare waren noch dicht, seine Zähne tadellos, und sein vom regelmäßigen Besuch eines Sonnenstudios gebräuntes Gesicht wirkte keineswegs schlaff und müde. Nur der Hals ließ ein wenig zu wünschen übrig. Auch in der Taille hatte er leicht zugelegt, während im Gegensatz dazu seine Beine schon etwas stöckerig waren. Das aber hatte ihnen nichts von ihrer Elastizität nehmen können. Gehorsam sprangen sie trotz eines gewissen Bäuchleins noch in gutem Tempo die Treppen rauf und runter. Auch auf seine Berufsjahre blickte er mit Stolz zurück. Er hatte das gesteckte Ziel erreicht und zuletzt die Verwaltung des städtischen Friedhofs geleitet. Weil ihm die auf dem Friedhof überhandnehmenden Karnikkel zu große Schäden anrichteten, war er sogar unter die Jäger gegangen, und die Karnickeljagd bereitete ihm großen Spaß. Von Kopf bis Fuß als Waidmann gekleidet, ging er fast täglich auf die Pirsch. Diesen Tieren war aber auch nichts heilig. Sie liebten es, tiefe Gänge an den unmöglichsten Orten zu buddeln, und machten weder vor den Blumen noch vor frisch aufgeschütteten Gräbern halt, wobei ihn allerdings mitunter der Gedanke beschlich, daß so ein possierliches Tierchen vielleicht sogar eine nette Gesellschaft für den Verstorbenen sein könne. Aber diese etwas merkwürdige Idee behielt er für sich. Statt dessen knallte er die Tiere unbarmherzig ab, wobei er sich manchmal dabei erwischte, daß er ein besonders niedliches Kaninchen, das da so possierlich hin und her hopste, mit einer gewissen Zärtlichkeit beobachtete, bevor er zum Schuß ansetzte.

Im Laufe der Zeit war sein Interesse an der Jagd und an den Kaninchen erloschen. Was ihm noch davon übriggeblieben war, wurde durch Lilo befriedigt, wie er die stattliche Spinne in seinem Schlafzimmer getauft hatte. So was wie Lilo hätte natürlich seine Frau Ruth nie geduldet. Aber im Gegensatz zu ihr mochte Herbert Spinnen gern und bewunderte ihre Fertigkeit, in Blitzesschnelle Netze zu spinnen. Als Junge hatte er ihnen oft Fliegen ins Netz geworfen, meistens zu schwere, die das Netz zerrissen und eine verärgerte Spinne zurückließen. Aber solche Dummejungenstreiche gestattete er sich längst nicht mehr. Zu Lilo hatte er eine besondere Beziehung. Er hatte sie heranwachsen sehen, bis sie fast die Größe eines Fünfmarkstückes erreichte. Ein wenig gruselig war es ihm vor ihr auch, und er duldete nicht, daß sie über die Zimmerdecke krabbelte und direkt über seinem Bett versuchte, ihre Fäden zu spinnen. Einmal war dabei etwas passiert, was ihn sehr erschreckte. Der Faden, an dem sie sich herunterschwingen wollte, riß, und sie landete auf seinem Gesicht. Ein äußerst unangenehmes Gefühl, diese krabbelnden Spinnenbeine. Seitdem hatte die Zimmerdecke für sie tabu zu sein, was Lilo jedoch nicht respektierte. Aber sobald sie sich dort blicken ließ, fegte er sie unbarmherzig, wenn auch mit der nötigen Vorsicht, herunter. Wenn sie sich dann auf der Auslegware zu einer verängstigten Kugel zusammenrollte, hielt er ihr eine Strafpredigt: «Selber schuld!» und wartete ab, bis sie sich nach einer Weile, so schnell sie konnte, in einer Ritze verkroch. Ihr eigentlicher Stammplatz war die Nähe des Fensters. Dort hatte sie ihre Zentrale, die allerdings nach einer gewissen Zeit Patina ansetzte und schon recht verstaubt wirkte. Herbert Felten war es ein Rätsel, wie sich Lilo überhaupt am Leben hielt bei den wenigen Fliegen, die sich dort verfingen. Auch hatte er sich schon überlegt, ob er sie nicht vorsichtig mit einem Stück Toilettenpapier packen und aus dem Fenster werfen sollte. Aber er brachte es nicht übers Herz. Wahrscheinlich wäre sie in Sekundenschnelle von einem Vogel verspeist worden.

So lief sein Leben im allgemeinen zu seiner Zufriedenheit im Gleichmaß dahin. Und nun diese Anzeige. Sie brachte wieder etwas in Erinnerung, was ihn bis heute wurmte und woran er nun nach fünfzig Jahren so jäh erinnert wurde. Warum, verdammt noch mal, war es ihm nicht gelungen, Evchen Richters Liebe zu gewinnen? Was, zum Teufel, hatte er falsch gemacht? Schon während ihrer Schulzeit war er vergeblich hinter ihr her gewesen, diesem eher mickrigen, immer etwas schmutzigen Geschöpf mit den zerschrammten Beinen und dem breiten ostpreußischen Dialekt, über den die ganze Klasse lachte, wenn sie eine verballhornte Ballade aufsagte: «Da tat er dreimal auf dem Daumen pfeifen, weil mang die Ritters kein Trompeter war.» Das Flüchtlingskind Evchen war mit ihren Eltern bei einer entfernten Tante einquartiert und versuchte, wo es ging, dem engen Zusammenleben zu entgehen. Wann immer möglich, verzog sie sich zu ihrer besten Freundin Ruth, die sie fest unter dem Daumen hatte und die alles tat, was Evchen wollte. Die beiden tauchten überall gemeinsam auf, und Herbert war es nicht einmal vergönnt, seine Angebetete allein für die Schule abzuholen. Er war noch nicht vom Rad gestiegen, da tauchte schon Ruthi auf und gab sich jedesmal erstaunt, ihn hier zu treffen. «Ach, du schon wieder?» bemerkte sie mit ihrer hellen Stimme. «Ja, ich schon wieder», entgegnete er mürrisch. Hatte denn diese dumme Zimtzicke nichts Besseres zu tun, als jedesmal hier aufzukreuzen? Aber eine Zimtzicke war Ruth eigentlich nicht. Genau genommen war sie die Hübschere von beiden, wenn auch vielleicht schon mit einem kleinen Ansatz von Rundlichkeit, wie es sich um ihr Kinn abzeichnete, was aber durch einen guten Teint und eine hübsche Nase wettgemacht wurde. Dagegen wirkte Evchen eher wie eine Heuschrecke. Ihre wie von bräunlichem Staub gepuderten Arme und Beine schlenkerten hierhin und dahin, und ihre stattlichen Zöpfe flogen im Takt dazu. «Was willste bloß mit der?» fragten ihn seine Freunde. «Da kannste ja gleich eine Strohpuppe streicheln.» Aber sie zu streicheln war ein ebenso großer Wunsch wie sie in den Schwitzkasten zu nehmen, um sie gefügig zu machen. Doch sie verspottete seine ungeschickten Annäherungsversuche nur mit ihrem kieksigen Lachen und hielt ihn auf Distanz. Gleichzeitig nutzte sie ihn weidlich aus und borgte sich ständig das Kostbarste, was man in der damaligen Zeit besitzen konnte: sein Fahrrad. Und jedesmal bangte er, daß es dabei womöglich völlig zu Bruch ging. Gelegentlich durfte er sie auch als lebendiges Gepäck befördern. Dann jagte er mit ihr die bergige Straße hinunter, so daß sie sich notgedrungen an ihm festklammern mußte, um auf dem holprigen Pflaster nicht das Gleichgewicht zu verlieren, was sie mit schrillem Gekreische tat und was ihm das köstliche Gefühl gab, sie völlig in der Hand zu haben. Auf jeden Fall war er dann endlich mal mit ihr allein, ohne diese lästige Busenfreundin Ruth.

Doch die hatte inzwischen, im Gegensatz zu Evchen, ihr Herz für ihn entdeckt, und ohne daß er es recht gewahr wurde, eroberte sie ihn sich mit sanfter Beharrlichkeit und wurde seine Vertraute. Sie war ein angenehmes, vernünftiges, stets sehr adrett gekleidetes Mädchen, im Gegensatz zu ihrer Freundin, die immer etwas schlampig herumlief und sich an fehlenden Knöpfen, zipfelnden Unterröcken und aufgeplatzten Nähten nicht störte. Auch Herberts Eltern fanden Gefallen an seiner Freundin. Bald kluckten Herbert und Ruth mehr zusammen, als der Sache dienlich war, vor allem, nachdem Evchen ganz plötzlich mit ihren Eltern aus der Stadt verschwand und Herbert dringend getröstet werden mußte. Die Folgen des Trostes blieben nicht aus, Ruth erwartete ein Kind. Natürlich heiratete er sie, und wenn sie auch nicht die ganz große Liebe war, so fiel es ihm doch nicht besonders schwer. Er beendete seine kaufmännische Lehre und fand eine Stelle beim Magistrat.

Zehn Jahre vergingen, ehe er wieder etwas von seiner Jugendliebe hörte. Ruth traf sie rein zufällig bei einer Geburtstagsfeier. «Na so was», sagte er zunächst etwas zerstreut, als ihm seine Frau davon berichtete. «Wie geht es ihr denn?»

«Ich glaube, sehr gut. Sie macht jedenfalls einen recht zufriedenen Eindruck. Ihr Mann scheint Arzt zu sein.»

Ein Akademiker. Das gab ihm einen Stich. Und dann wollte er wissen, ob sich Evchen verändert habe.

«Sie ist überhaupt nicht älter geworden und sieht richtig gut aus.»

«Du doch auch», sagte er. «Wenn man's genau nimmt, warst du die Hübschere von euch beiden.»

Sie warf ihm einen prüfenden Blick zu. «War ich das?»

«Du warst es nicht, du bist es noch immer.» Er gab sich unbefangen. Aber er merkte, wie Evchens unerwartetes Auftauchen ihn mehr und mehr zu beschäftigen begann.

«Wir hatten uns natürlich eine Menge zu erzählen», sagte Ruth, «wie du dir denken kannst. Wir sollen sie unbedingt besuchen. Sie wohnt gar nicht weit von uns, eine Stunde mit dem Auto höchstens.»

«Ach, ich weiß nicht recht.» Er tat lustlos,

und sie sagte, ein bißchen zu schnell, wie er fand: «Wenn du nicht willst, lassen wir's.»

Aber irgendwann hatten sie sich dann doch auf den Weg gemacht. Zu seiner Genugtuung war Evchens Mann keineswegs ein Arzt, sondern vertrat eine Firma, die Krankenhäuser und Heime mit Gardinen, Handtüchern und Bettwäsche ausstattete. Es stimmte, Evchen hatte sich kaum verändert. Und ihr kieksiges Lachen tat prompt seine Wirkung und ließ seine Gedanken nur noch um sie kreisen. Doch Ruth trat die Flamme aus, ehe sie richtig lodern konnte. Sie ließ die Verbindung zu der wiedergefundenen Freundin schnell einschlafen. Und von sich aus den Kontakt aufzunehmen, war er zu feige gewesen. Noch im nachhinein ärgerte er sich darüber, obwohl das nun auch schon wieder dreißig Jahre zurücklag.

Das Wetter war umgeschlagen, auf den Straßen war es glatt geworden. So verzichtete er auf sein Auto und nahm den Zug. Nach der Beerdigung fand sich die Trauergemeinde in Evchens Wohnung zusammen, und er stellte zu seinem Erstaunen fest, daß die Einrichtung seiner eigenen fast aufs Haar glich. Nicht, daß er zerschlissene Polster und fleckige Gardinen erwartet hatte, obgleich er sie dem Evchen, an das er sich erinnerte, zugetraut hätte. Aber in diesem untadeligen Wohnzimmer, in dem die Möbel wie in einem Katalog aufgestellt waren, fand er nichts von seinem Evchen wieder. Als er auf dem mit hellgelbem Leder bezogenen Sofa Platz nahm, diesem wuchtigen Ungetüm, zu dem ebenso wuchtige Sessel gehörten, erinnerte ihn das Ganze eher an seine Ruth, die ganz versessen auf solch eine Garnitur gewesen war, obgleich er sie nie besonders behaglich gefunden hatte.

Natürlich konnte sich Evchens Mann nicht mehr an ihn erinnern und wußte ihn nicht richtig einzuordnen. Ein entfernter Vetter vielleicht? Vater und Sohn sahen ihn fragend an, und er erklärte ihnen etwas verlegen, daß er mit Evchen in derselben Klasse gewesen war. «Und deshalb machen Sie sich auf den weiten Weg?» Die beiden waren gerührt, und Herbert stellte fest, daß Evchens Sohn ihn an seinen eigenen Jungen erinnerte: derselbe Haarschnitt, dieselbe Art, sich zu kleiden, dieselben Redewendungen und dieselbe Lebensweise, wie es für Angestellte im mittleren Management der Filiale einer ausländischen Firma in Deutschland üblich war. Während sie miteinander höfliche Worte wechselten, öffnete sich plötzlich lautlos die angelehnte Zimmertür, und eine wunderschöne getigerte Katze betrat den Raum. Sie strich schnurrend um die Beine des Hausherrn und sprang ihm dann auf den Schoß. Er streichelte sie, wie Herbert Felten fand, mit einer gewissen Vorsicht. «Das ist Linchen, Evchens ein und alles. Aber ziemlich wild und unberechenbar. Ich weiß nicht recht, was ich mit ihr anfangen soll. Ich möchte gern zu meinem Sohn ziehen, und er hat einen Dackel, dem Katzen ein Greuel sind.» Der Sohn nickte ernst. «In der Nachbarschaft heißt er nur der Katzenkiller. Hab schon eine Menge Ärger deshalb mit ihm gehabt.»

Linchen hatte inzwischen den Platz gewechselt und kauerte auf der Lehne eines der Lehnsessel. Sie schnurrte jetzt nicht mehr, und ihr Schwanz peitschte aufgeregt hin und her, als hätte sie Evchens Mann genau verstanden. Irritiert betrachtete Herbert das Tier, das ihn mit angelegten Ohren aus engen Augenschlitzen anfunkelte. Typisch Evchen, dachte er, sich so ein Vieh zuzulegen.

Die Trauergäste verabschiedeten sich nach und nach. Nur Herbert Felten fand wieder einmal nicht den Absprung, eine Untugend, die Ruth schon oft an ihm bemängelt hatte. Außerdem war noch eine gute Stunde Zeit bis zur Abfahrt seines Zuges, und er verspürte wenig Lust, bei dem naßkalten Wetter auf dem Bahnhof zu stehen oder in einem der verglasten, mit Zigarettenstummeln übersäten Wartehäuschen auf dem Bahnsteig herumzusitzen. Auch Evchens Sohn hatte sich inzwischen verabschiedet, und so blieben der Vater und er allein zurück. Dem Witwer schien es nur recht zu sein. Sie führten das übliche ruhige Männergespräch über ihre Berufe, aus denen sie sich verabschiedet hatten, und jeder erklärte dem anderen etwas umständlich, wie es darin zugegangen war und wie interessant die Aufbaujahre gewesen seien, die nun längst der Vergangenheit angehörten. Zwischendurch prostete man sich gegenseitig mit etwas schwerer Zunge zu, denn der Hausherr hatte nun die stärkeren Getränke aus dem Butzenschrank geholt, so daß man sich allmählich näherkam und sich damit das Gespräch auch Evchen zuwandte, die, wie Herbert seinem neuen Freund nun eingestand, nicht nur seine Klassenkameradin, sondern seine große, unerfüllte Liebe gewesen war. Fotoalben wurden herbeigeholt, und Herbert stellte voller Bedauern fest, daß ihm statt des geliebten schlenkrigen Geschöpfes mit den unordentlichen Zöpfen eine vollbusige Matrone mit kurzen, steifen Löckchen anblickte. Ihr Mann behauptete noch dazu allen Ernstes, daß dieses Geschöpf, das Herbert als so spröde in Erinnerung hatte, ein wahres Wunder an Anschmiegsamkeit gewesen sei und selbstverständlich eine perfekte Hausfrau und Mutter. Herbert, mit gutem Cognac reichlich abgefüllt, fragte mit runden Augen: «Wie hast du das denn fertiggebracht?»

Evchens Mann gab zu, daß das am Anfang so seine Schwierigkeiten gehabt hatte. «Aber mit Geduld und Spucke, na, du weißt schon.» Er lachte komplizenhaft. Herbert wußte gar nichts, aber es wurmte ihn außerordentlich.

Danach mußten sie endgültig versackt sein, denn Herbert hatte nur noch schemenhafte Erinnerungen. Jedenfalls fand er sich plötzlich in einer Taxe wieder, neben sich ein verschließbares Körbchen, aus dem ärgerliches Miauen tönte, und hörte den Taxifahrer nach dem Ziel fragen. Erst als er in seiner Wohnung stand und die große Tüte mit allerlei Katzenzubehör auspackte, wurde ihm richtig klar, was er sich da hatte aufhalsen lassen. Er hatte noch nie eine Katze besessen und beobachtete mißtrauisch, wie sie aus dem Korb kletterte. Im Gegensatz zu ihm schien Lina jedoch die Situation zu akzeptieren. Jedenfalls spazierte sie mit hocherhobenem Schwanz durch die Räume, als beherrsche sie dieses Terrain seit Jahren, und sprang schnurstracks auf Herberts Heiligtum, den Kuschelsessel vor dem Fernseher, was er natürlich unmöglich dulden konnte. Er scheuchte sie mit barschen Worten weg, worauf sie ihre Krallen in die Veloursgardinen schlug und versuchte, sie als Schaukel zu benutzen. Herbert seufzte. Was hatte er sich da nur eingebrockt! Wer weiß, auf was für Gedanken dieses Tier sonst noch kam.

Vorsichtshalber stellte er ihren Korb und das Katzenklo für die Nacht in die Küche. Dort konnte sie wenigstens nicht allzuviel Schaden anrichten.

Aber das war ein Irrtum. Er war gerade ins Schlafzimmer gegangen und ärgerte sich über Lilo, die sich wieder einmal an der Zimmerdecke direkt über dem Kopfende seines Bettes plaziert hatte, da drang aus der Küche ein fürchterliches Klirren und Scheppern. Er stürzte hinein und fand die Katze etwas verdattert zwischen Porzellan- und Glasscherben auf dem Boden sitzend. Sie war in den offenstehenden Hängeschrank gekrochen, und dabei waren Teller und Tassen ins Rutschen gekommen. Ein schlechtes Gewissen schien sie jedoch nicht zu haben, denn während er die Scherben zusammenkehrte, saß sie daneben und putzte sich seelenruhig, als ginge sie das Ganze nichts an. Und sein fassungslos hervorgestoßenes «Verdammtes Mistvieh!» quittierte sie nur mit einem kurzen, gelangweilten Blick. Wenigstens war Lilo einsichtig gewesen. Sie hatte sich, wie er bei der Rückkehr ins Schlafzimmer sah, von ihrem Lieblingsplatz entfernt und auf der gegenüberliegenden Wand niedergelassen.

Im Badezimmer stellte er zum wiederholten Male fest, daß er sich dringend eine neue Zahnbürste kaufen müßte und daß Waschlappen und

Handtücher längst in die Waschmaschine gehörten. Um solchen Kleinkram hatte er sich natürlich während Ruthis Lebzeiten nie kümmern müssen. Was für eine wundervolle Ehefrau war sie doch gewesen! Aber auch sie konnte mit ihm zufrieden sein. Nie hatte es Streitereien ums Geld gegeben, nie hatte er, wie andere Männer, herumgenörgelt, wenn sie in seinen Augen reichlich leichtsinnig damit umging. Nie hatte er sie betrogen oder so gut wie nie. Irgendwann war man sich ja einfach schuldig zu beweisen, daß die Karnickeljagd nicht das einzige Abenteuer seines Lebens war. Aber daß er nun in der Phantasie seiner Jugendliebe nachjagte und sich sogar ihre Katze hatte aufschwatzen lassen, das hatte Ruthi nicht verdient.

Er stopfte Badelaken, Handtücher und Waschlappen in die bereits übervolle Waschmaschine und stellte sie an. Die Maschine schien wie vom Donner gerührt, daß man sie derart malträtierte, und es dauerte eine Weile, bis sie sich mit einem klagenden Laut in Bewegung setzte und ächzend die schwere Masse hin und her wälzte.

In den Tagen bis zum Heiligabend sorgte Linchen reichlich für weitere Aufregungen. In einem unbewachten Augenblick machte sie sich in seinem Bett breit und haarte das Laken so voll, daß er ein frisches aufziehen mußte. In der

Küche konnte er sie nicht allein lassen, da sie nach kurzer Zeit spitzgekriegt hatte, wo der Kühlschrank war, ihn im Nu öffnete und ausräumte. Nichts war vor ihren Pfoten sicher, und Herbert hatte bald das Gefühl, nur noch «Pfui!», «Nein!», «Wirst du mal!» und «Laß das!» hervorzubringen. Und dann, zu allem Überfluß, war Linchen plötzlich verschwunden. Er suchte sie stundenlang in allen Ecken und Winkeln, in Schränken, sogar im Kühlschrank. Er rief und lockte, lief im Hausflur treppauf, treppab, sah im Vorgarten unter allen Büschen nach, in der Angst, sie könne womöglich aus dem Fenster gefallen sein. Aber Linchen war nicht zu finden. Als er völlig ratlos zum wiederholten Mal unter seinem Bett gesucht hatte und den Blick zum Kleiderschrank hob, saß dort die Katze und beobachtete ihn regungslos und, wie ihm schien, leicht amüsiert. Während Herbert fassungslos starrte, reckte sie sich, glitt anmutig an der Schrankwand hinunter und lief miauend in die Küche, womit sie ihm zu verstehen gab, daß er sich gefälligst um ihr Futter kümmern sollte, was Herbert auch gehorsam tat. Aber ihr beim Fressen zusehen durfte er wie üblich nicht. Er sah sie finster an. Ungeheuerlich! In seiner eigenen Küche!

Weihnachten mußte er wegen Linchen natürlich zu Hause und allein verbringen und konnte nicht, wie sonst jedes Jahr seit Ruthis Tod, am Heiligabend zu den Nachbarn gehen. Sein Sohn war wie üblich beruflich verhindert, ihn zu besuchen. Trotzdem wollte er nicht auf einen Weihnachtsbaum verzichten, und er beschloß, es sich so gemütlich wie möglich zu machen. An den Feiertagen würde sicher, wie jedes Jahr, dieser oder jener aus seinem Bekanntenkreis vorbeikommen, und ein geschmückter Weihnachtsbaum mit allem Zubehör trug zur gemütlichen Stimmung entschieden bei. Während er sich abplagte, eine sorgsam ausgesuchte Tanne auf dem Dach seines Autos festzubinden, fiel ihm ein, daß Evchens Mann ihm erzählt hatte, in seinen Augen seien die Vorbereitungen fürs Weihnachtsfest mit allem Drum und Dran eine reine Frauenangelegenheit, auch der Kauf eines Weihnachtsbaums. Und vor ihm zeichnete sich das Bild eines ihm völlig fremden Evchens ab, das dienstfertig eine Tanne nach Hause schleppte. Ruthi hätte er so etwas nie zugemutet.

Als er den Baum ins Zimmer balancierte, erschrak Linchen so, daß sie sich unter den Glasschrank mit den Butzenscheiben verkroch. Eigentlich war er für ihre Größe viel zu niedrig, aber die Angst verwandelte sie in eine Art Flunder. Dafür schien es ihr unmöglich, im Rückwärtsgang wieder ans Tageslicht zu gelangen. Sie kratzte und schrie, so daß Herbert Felten himmelangst wurde. Vergeblich versuchte er, das geschnitzte Ungeheuer aus massiver Eiche – er konnte sich noch gut an den horrenden Preis erinnern – ein wenig in die Höhe zu stemmen. Er mußte den Schrank erst ausräumen, bis es ihm gelang und Linchen, mit Staubfusseln bedeckt, Büroklammern, einen Kaugummi und Ruthis längst verloren geglaubte Ansteckperle im Fell, wieder zum Vorschein kam.

Als er die Tanne schmückte, brachte sie drei der Lieblingskugeln seiner Frau zur Strecke, indem sie sie mit der Tatze von den Zweigen fegte. Aus Pietätsgründen hatte er sogar die Krippe aufgestellt, die Ruthi vor vielen Jahren während eines Urlaubs im Bayerischen Wald gekauft hatte. Doch ehe er es sich versah, hatte Linchen einen der Weisen aus dem Morgenland weggeschleppt und zu einem unförmigen Klumpen zerkaut. Aber besonders fasziniert war sie von dem Lametta. Sie zupfte es Faden für Faden herunter, und er konnte sie nur mit Mühe daran hindern, es so gierig zu verschlingen, als seien es Nudeln.

Während sie ihn mit ihrem Schabernack in Atem hielt, tauchten längst vergessene Bilder aus seiner Jugend vor ihm auf, und er erinnerte sich an all die verrückten Dinge, die Evchen mit ihm angestellt hatte: Luft aus dem Reifen gelassen, die Ärmel seiner Windjacke zugenäht und seine Kleidung versteckt, als sie an einem ziemlich kühlen Tag im nahen See baden gegangen waren, und er hörte wieder ihr kieksiges Lachen, das ihn in Wut brachte, während er bei der vergeblichen Suche vor Kälte schon ganz blau anlief. Wie oft war er von ihr versetzt worden, wenn sie sich verabredet hatten. Er hatte sich wirklich eine Menge von ihr gefallen lassen. Nur einmal hatte er es ihr heimgezahlt. Aber ihm fiel nicht mehr ein, womit. Merkwürdigerweise war sie ihm nicht böse gewesen, duldete sogar, daß er den Tag darauf den Arm um sie legte, sie hin und wieder an sich zog, und gestattete ihm zum ersten Mal, einen ungeschickten Kuß zu landen, wobei ihm ihre strohigen Haare, die sie gern wie einen Vorhang übers Gesicht fallen ließ, in den Mund gerieten. Ganz benebelt vor Glück war er gewesen, so daß er klaglos für seine Mutter den Mülleimer nach unten trug, ja freiwillig das Treppenhaus wischte.

Das Glück hielt drei Monate an, und sie lud ihn sogar ein, den ersten Weihnachtstag bei ihnen zu verbringen. Die Familie wohnte, der Nachkriegszeit entsprechend, sehr beengt. Trotzdem hatte man noch ein Plätzchen für den Weihnachtsbaum gefunden. Er bekam auch etwas geschenkt, ein Paar Pulswärmer, allerdings nicht von Evchen, sondern von ihrer Mutter gestrickt. Und er revanchierte sich mit ein paar Feuersteinen, Kerzen und einem Glas selbstgekochtem Sirup. Die Stube war voller als ein Wartezimmer beim praktischen Arzt, und während sie auf dem winzigen ausgesessenen Sofa, das Evchen gleichzeitig als Schlafstelle diente, dicht nebeneinander saßen und ein wenig herumplänkelten – «Laß doch mal» – «Zeig doch mal» – «Erzähl doch mal» –, drangen, ohne von ihm wirklich wahrgenommen zu werden, die Schilderungen der Erwachsenen über ihre Flucht in sein Ohr: «Und die Panzer, einfach rein in den Treck!» – «Überall Blut!» – «Und Opa mit seinem gebrochenen Fuß!» – «Den Ortsgruppenführer sollen sie gleich erschossen haben!»

Doch von einem Tag auf den anderen war es mit Evchens Freundlichkeit vorbei, und sie gönnte ihm höchstens noch ein unpersönliches «Hallo», wenn sie ihn traf.

Ärgerlich über sich selbst, daß er sich diesen unerquicklichen Erinnerungen hingegeben hatte, schnauzte er Linchen an, die gerade wieder Anstalten machte, die Gardine als Schaukel zu benutzen. Dieses Vieh machte wirklich mit ihm, was es wollte, und ihr höhnisch klingendes Miauen, mit dem sie alle seine Strafpredigten zu quittieren pflegte, brachte ihn in Wut. Doch den absoluten Höhepunkt ihrer Missetaten erreichte sie am Heiligabend. Zunächst hatte es den Anschein, als sei sie gewillt, diesem besonderen Tag Rechnung zu tragen und sich von ihrer angenehmsten Seite zu zeigen. Sie strich schnurrend um Herbert herum, ließ sich von ihm kraulen, rieb ihren Kopf an seinem Bein und sprang zu seiner Überraschung sogar auf seinen Schoß, wo sie es allerdings nicht lange aushielt. Er hatte die Kerzen angezündet und den Fernseher angestellt, in den sie ebenfalls mit leisem Schnurren hineinstarrte, wobei sie die Augen hin und wieder zu einem Spalt zusammenkniff, als blende sie das Licht. Er beachtete sie nicht weiter. Ein Glas Rotwein neben sich, erfreute er sich, bequem auf dem Fernsehsessel Venedig hingestreckt, an einem Tierfilm. Plötzlich gab es nur noch Schneegestöber. Linchen war unbemerkt vom Sofa aufgesprungen und hatte an dem Antennenkabel herumgekaut.

Herbert geriet völlig außer sich. Dieses Mistvieh würde er schon Mores lehren. Er schrie sie fürchterlich an und drohte ihr, sie postwendend zu dem katzenkillenden Dackel zu schicken. Sie stieß ihr kläglich Miauen aus und versuchte sich zum zweiten Mal unter den Glasschrank zu zwängen, was er gerade noch rechtzeitig verhindern konnte, indem er sie roh am Schwanz zog. Dann packte er sie, sinnlos vor Wut, im Genick, raste mit ihr ins Schlafzimmer, riß das Fenster auf und hielt die zappelnde, fauchende Katze über den Abgrund. Vielleicht vor Schreck, vielleicht, um neue Kräfte zu sammeln, sich von seiner Hand zu befreien, erschlaffte Linchen. «Warte nur, ich zahl's dir heim!» sagte er, und plötzlich fiel ihm ein, was er mit Evchen angestellt hatte, um es ihr heimzuzahlen. Er hatte sie beim Schwimmen so lange unter Wasser gedrückt, bis sie für einen Augenblick das Bewußtsein verlor.

Er zog seinen Arm zurück und ließ die Katze auf die Erde fallen. Sie wetzte aus dem Schlafzimmer, rannte ins Wohnzimmer und verkroch sich. Niedergeschlagen setzte er sich auf sein Bett. Was für ein Weihnachtsfest! Er beschloß, schlafen zu gehen. Gottlob machte ihm Lilo wenigstens keine Scherereien. Sie saß friedlich in Tischhöhe rechts neben der Tür. Er betrachtete sie, während er seine Schuhe auszog, und hatte plötzlich den heftigen Wunsch, sie zu zerquetschen. Arme, treue Lilo, dachte er, und Schwermut überfiel ihn. Weit war es mit ihm gekommen. Nicht mal so eine dusselige Katze hatte Respekt vor ihm. Er war ein Nichts, ein Niemand, ein alter Mann.

Seine trüben Gedanken wurden von einem leisen Miauen unterbrochen. Er öffnete die Tür, und Linchen kam in Demutshaltung, fast kriechend, herein. Vorsichtig streckte er seine Hand aus, und sie begann heftig zu schnurren. Plötzlich wurde ihr Körper steif. Sie hatte Lilo entdeckt. Sie duckte sich, und ihr Schwanz peitschte hin und her. Kein Zweifel, sie setzte zum Sprung an. «Untersteh dich!» rief Herbert Felten. «Ich bring dich um!» Erschöpft ließ er sich wieder auf sein Bett fallen. So vielen Aufregungen war sein Herz nicht gewachsen.

Linchen gehorchte, sprang auf Herberts Schoß und rieb ihren Kopf an seinem Arm. Er streichelte sie gerührt. «Ich werd's dir schon zeigen», sagte er mit zärtlicher Stimme. Als er ihren Hinterlauf berührte, zuckte sie mit einem schmerzlichen Miauen zusammen. «Und Rheuma haben wir anscheinend auch.» Er sah zu Lilo hinüber, und für einen Augenblick kam es ihm vor, als mache sie ihm mit zweien ihrer Beinchen das Victory-Zeichen. In plötzlichem Triumphgefühl begann er laut zu pfeifen, und in das Läuten der Glocken, die durch das Fenster zur Christmesse riefen, mischte sich der Pariser Einzugsmarsch. Doch plötzlich spürte er Linchens Fell nicht mehr unter seiner Hand, und er starrte auf einen braunen Fleck an der Wand, der einmal Lilo gewesen war.

8 Fast ein Held

Wir liebten die vorweihnachtlichen Rituale wie Pfefferkuchenbacken und Adventskranzbinden und erinnerten uns dabei mit Behagen an manches Mißgeschick, so, als der Weihnachtsbaum auf Mutter fiel:

«Ich höre nur noch ein Rauschen, und da liege ich auch schon platt unter der Tanne. Und was sagt euer Vater, als ich, jede Menge Lametta im Haar, die Strickjacke bespickt mit den Splittern von Weihnachtskugeln, mühsam wieder hervorkrabble: ‹Suchst du was Bestimmtes?›»

«Du übertreibst mal wieder», sagte Vater.

Auch die Mäusefamilie gehörte zum Erinnerungsrepertoire. Vater hatte vom Tischler einen kleinen Pferdestall für Billis Holzpferdchen anfertigen lassen, und als mein Bruder das Türchen zum Heuboden öffnete, quiekten ihm mehrere nackte Mäusebabys erschreckt entgegen. Ganz besonders gern aber dachten wir wieder an Möpschens Untat. Seine Angewohnheit, leere Weinflaschen, die im Flur neben der Anrichte mit den Petroleumlampen standen, umzustoßen, um wenigstens noch einige Tropfen von diesem herrlichen Gesöff auflecken zu können, wurde weniger ihm als uns zum Verhängnis. Er erwischte eine Flasche mit Stinköl. Es diente dazu, die Rehe daran zu hindern, frisch gepflanzte junge Bäume anzuknabbern. Das Öl tränkte in Windeseile den Kokosläufer im Flur, und statt des üblichen herrlichen Duftgemisches aus Wachs, frischem Tannengrün, brutzelnden Bratäpfeln und Schweinebraten zog ein bestialischer Gestank durchs Haus. Lachen konnten wir darüber erst im nächsten Jahr.

Aber so sehr wir das ganze Drum und Dran der Weihnachtszeit liebten, so wenig schätzten wir die alljährliche Produktion von Tintenwischern, Pulswärmern, Kreuzstichdecken, beklebten Kalendern und Streichholzschachteln, gelackten und bepinselten Untersetzern und anderen Scheußlichkeiten, die wir, von Mutter gezwungen, für die Verwandtschaft herstellen mußten und die dann, dessen waren wir sicher, irgendwo unbenutzt in einer Schublade oder in einem Karton auf dem Boden dahinmoderten. Sie einfach wegzuwerfen galt als pietätlos und wäre keinem Beschenkten eingefallen.

Diese lobenswerte Eigenschaft in der Verwandtschaft erwies sich für uns als Glück. Durch Zufall entdeckten wir nämlich, als wir bei einer der Tanten zu Besuch waren, einen ganzen Schrank voller solcher Kostbarkeiten, die allerdings in solchen Massen nicht allein von uns stammen konnten, sondern wahrscheinlich von Vettern und Kusinen. Sofort hatte meine Schwester einen blendenden Einfall. «Davon nehmen wir was mit fürs nächste Jahr.» Wir stopften soviel wie möglich in zwei bestickte Mehlsäckchen und ließen die Beute in unseren Puppenkoffern verschwinden.

Ein Jahr später war Mutter sehr erstaunt, daß wir uns in der Vorweihnachtszeit weiterhin an den Nachmittagen im Dorf herumtrieben, anstatt uns endlich ans Kleben, Häkeln und Sticken zu machen, und noch erstaunter, als wir unsere Weihnachtsgeschenke präsentierten. «Wann habt ihr bloß angefangen? Ihr seid ja wahre Heinzelmännchen!»

Leider hatte unser «Fleiß» die Konsequenz, daß Mutter uns aufbrummte, auch noch eine Kleinigkeit für eine entfernte Verwandte zu basteln, die wir bisher nur einmal im Leben zu Gesicht bekommen hatten. Wir erinnerten uns nur sehr vage an ein aalpuppenartiges Geschöpf mit einem sehr kleinen Kopf und einem zeltartigen schilffarbenen Kleid.

Vater kam uns zu Hilfe. «Findest du das nicht ein wenig sehr weit hergeholt?»

Mutter sah das anders. «Eine arme, alte, einsame Frau. Die freut sich sicher riesig.»

«Sie ist weder arm noch alt, sondern eine resche Witwe mit einer stattlichen Pension. Und überall eingeladen.»

«Eben», sagte meine Mutter, «dann haben wir einen mehr in der Familie, der nett über unsere Kinder spricht.»

Vater schüttelte den Kopf. «Hat man so was schon gehört?»

Aber in der Vorweihnachtszeit waren wir sehr bemüht, zuvorkommende, hilfsbereite, höfliche Kinder zu sein. Und so versicherten wir unserer Mutter mehrmals, daß wir das selbstverständlich ihr zuliebe täten, allerdings könnten unsere Wunschzettel vielleicht etwas schwer zu lesen sein, und der Weihnachtsmann habe womöglich mit den Wörtern «Puppenherd», «Holländer», «Lok» ein wenig Mühe. Dann suchten wir in unserem inzwischen arg zusammengeschmolzenen Geschenkevorrat nach etwas Passendem. Leider kam nur noch ein mit einem Hundekopf besticktes Nadeltäschchen in Frage, das wir gern selbst behalten hätten. Das Hundeporträt war wirklich außerordentlich gut gelungen.

Mutter war von meiner Leistung beeindruckt. «Das hast du ganz allein fertiggebracht?» Ich nickte stumm.

Natürlich wurde Vater das Werk seiner talentierten Tochter sofort gezeigt. Er sah mich ein wenig skeptisch an. «Zeichnen war doch bis jetzt nicht gerade deine Stärke.»

«Sie hat es gepaust», sagte meine Schwester schnell. Und damit war das große Wunder hinreichend erklärt.

Zu einem weiteren weihnachtlichen Brauch gehörte, daß nur Mutter bestimmen durfte, wer unser Weihnachtsgast sein sollte. Auch wenn ihre Wahl uns nicht paßte, hüteten wir uns, unseren Unmut zu äußern, denn Mutter bekam es glatt fertig, den unerwünschten Gast länger als vorgesehen zu behalten, wenn sie auch nur den geringsten Widerstand spürte. So versicherten wir ihr jedesmal wieder, daß wir selbstverständlich jeden akzeptieren würden. Im letzten Jahr war Tante Margot unser Gast gewesen, und der in seinen Augen ungeheuer diplomatische Einwand meines Bruders, Tante Margot leide doch an Rheuma und unser feuchtes Haus sei ihrer Gesundheit sicher abträglich, verlängerte nicht nur Tante Margots über ihren Stock gebeugte Anwesenheit, sondern war noch dazu ein Schuß, der nach hinten losging.

«Sagtest du feuchtes Haus? Ich höre wohl nicht richtig!» Vater war empört. Dabei funkelten die Wände im Flur und im Klo wie der Eispalast der Schneekönigin in Andersens Märchen.

Auch Tante Edith, die uns ihren Eukalyptusduft noch wochenlang nach ihrer Abreise hinterließ, war nicht unbedingt unser Fall. Sie hatte eine chronische Bronchitis und konnte es durchaus mit dem Röhren eines Hirsches zur Brunftzeit aufnehmen. Das Grauenhafteste, was wir bis jetzt ertragen mußten, war jedoch ein völlig fremdes Kind gewesen, ein kleines Mädchen, dessen Mutter erkrankt war, weshalb die Tochter ausquartiert werden mußte. Während unser Geltungstrieb im allgemeinen sehr gezügelt wurde, war dieses Kind anscheinend dazu ermuntert worden, sich unaufhörlich zu produzieren. Selbst meine Mutter meinte, nachdem sie sich zum dritten Mal «Alle meine Entchen» mit selbst ausgedachter Begleitung auf dem Klavier anhören mußte, matt: «Nun lassen wir mal die Entchen für ein Weilchen schlafen.» Dazu hatte sich der Gast als Weihnachtsgeschenk aller Weihnachtsgeschenke vorgenommen, uns mit einem selbst ausgedachten Ein-Personen-Theaterstück zu Bewunderungsstürmen hinzureißen. Es war eine völlig verworrene Geschichte, in der sich die Jungfrau Maria, von der Autorin selbst dargestellt, mit einem Teddybär unterhielt. Als sie mit einem Knicks das Ende des Stückes ankündigte, brachen wir vor Erleichterung in hysterisches Gelächter aus. Daraufhin heulte der Gast fast den ganzen Heiligabend in sich hinein, und durch unsere Köpfe geisterten die finstersten Gedanken. Am liebsten hätten wir sie in den Keller gesperrt. Aber Mamsell erbarmte sich und spielte mit ihr so lange Dame und Mühle, wobei das Goldkind natürlich gewann, bis sie sich beruhigt hatte.

Der Heiligabend rückte in diesem Jahr näher und näher, und noch immer schwieg Mutter sich über die Wahl des Gastes aus. Doch als die Spannung fast den Höhepunkt erreicht hatte, ereignete sich so etwas Dramatisches, daß alles andere ins Hintertreffen geriet. Und wem verdankten wir diese herrliche Aufregung? Natürlich mal wieder unserem Bernhardiner Möpschen.

Möpschen zwei hatte nicht den Mut seines Vorgängers. Er war ein ziemlich nervöses, wuseliges Tier, das schon zusammenzuckte, wenn wir nur mit den Türen knallten. Auch mußten wir feststellen, daß er ein kleiner Feigling war, was Gott sei Dank niemand, der ihn so würdevoll auf der Straße entlangtrotten sah, vermutete. Vor allem dann nicht, wenn er seine imposante Stimme hören ließ, so daß selbst die das Hühnerfutter aufpickenden Tauben erschreckt aufflatterten. «Ein richtiger Blender», sagte Vater und betrachtete den Hund kopfschüttelnd, der mal wieder vor dem kampfeslustigen Zwerghahn Reißaus nahm. Besonders fürchtete Möpschen sich vor den Kühen, die schnaubend hinter ihm herstampften, wenn er arglos durch die Koppel lief. Jedoch die größte nervliche Belastung wurde für ihn ein verwilderter Kater. Hier war es anscheinend der Kater, der sich geschworen hatte, den Hund so oder so zur Strecke zu bringen, und nicht umgekehrt, wie es normal gewesen wäre. Daß ihm dies erst im Tode gelang, war eine gewisse Ironie des Schicksals.

Durch sein ungebundenes Leben hatte sich der Kater zu einem Prachtexemplar entwickelt und dazu zu einem Räuber schlimmster Sorte, der sich außer an Hühner- und Fasanenküken und anderem zarten Fleisch mit Vorliebe an Möpschens Futternapf gütlich tat. Der Napf wurde von Mamsell meist vor die Küchentür in den Hof gestellt, weil Möpschen es sehr liebte zu kleckern. Der Hund traute sich nicht, den Kater von seinem Futter zu vertreiben. Einmal hatte er es versucht. Sein Gegner war sofort zum Angriff übergegangen, hatte ihn erst durch den ganzen Garten und dann über den Hof bis zum Backofen gejagt, wo Möpschen in seiner Todesangst am liebsten in die Asche des zum Auskühlen offenstehenden Ofens gekrochen wäre. Sogar in seinen Träumen schien ihn der Kater zu verfolgen. Jedenfalls glaubten wir das, wenn er im Schlaf in höchsten Tönen zu winseln anfing und mit den Pfoten zuckte.

Der Kater wurde von Tag zu Tag dreister, drang sogar eines Nachts in die Küche ein, wälzte sich in dem zum Brotbacken angesetzten Teig, schmiß das Blech mit den Pfefferkuchen auf die Erde und zerkratzte dem aufwinselnden Möpschen die Nase.

«Jetzt reicht's aber wirklich», sagte Vater, und als er den Kater kurz vor Weihnachten an Möpschens Futternapf überraschte, holte er die Büchse aus dem Schrank.

Der Kater schien die Gefahr zu wittern. Er rannte zu der großen Pappel im Garten und kletterte, von Möpschen mit rasendem Gebell verfolgt, auf den höchsten Ast. «Das wird dir nicht viel nützen, mein Freund.» Vater schoß, und der Kater blieb getroffen noch einen Augenblick unbeweglich sitzen, bis er wie ein Stein herunterfiel, Möpschen genau auf den Kopf. Der Hund gab einen herzzerreißenden Schrei von sich und fiel bewußtlos um.

«Hat man da noch Worte?» Vater gab ihm mit der Schuhspitze einen sanften Stups. «Wach auf, du Angsthase.»

Aber es dauerte einige Zeit, bis Möpschen einen tiefen Seufzer tat, schwerfällig aufstand und sich davonschlich. Erst als die Dunkelheit hereingebrochen war, ließ er sich wieder blicken, machte aber immer noch einen sehr verstörten Eindruck. Er tat uns leid. Deshalb stibitzte mein Bruder ein Stück Blutwurst, hielt es ihm unter die Nase und fragte aufmunternd: «Na, wie spricht der Hund?» Doch statt des sonst üblichen freudigen Gebells brachte Möpschen nur eine Art Kickser hervor und verzog sich geniert. Es dauerte einige Zeit, bis wir begriffen: Der verdammte Kater hatte es geschafft, Möpschens prächtiges Organ zum Schweigen zu bringen. Das einzige, was ihm noch gelang, war der eigenartige Kickser, der eher wie ein Schluckauf klang.

«‹Nur ein klanglos Wimmern, ein Schrei von Schmerz entquoll dem zerbrochenen Munde›», zitierte Vater aus Freiligraths «Die Trompete von Vionville» und streichelte ihn. Doch der Hund wollte weder mit ihm noch mit uns etwas zu tun haben. Er wollte nur zu Mamsell, die gerade in der Küche Kartoffeln schälte. Er versteckte seinen dicken Kopf in ihrem Schoß und erzählte ihr mit klagenden Lauten, was ihm Entsetzliches passiert war.

Wir taten alles, um seine Stimme wieder zum Leben zu erwecken. Als erstes versuchten wir es mit «O du fröhliche». Die Platte klang, als ob jemand Kartoffeln raspelte, und die Rillen waren so ausgeleiert, daß nur noch ein ständiges «o, o, o» zu hören war, wenn man der Nadel nicht einen Stups gab. Dieses «o, o, o» hatte Möpschen sonst fürchterlich erregt und zum

Bellen gebracht. Aber er zeigte keine Reaktion, auch nicht bei Beethovens «Für Elise», das Mutter ihm auf dem Klavier vorspielte, und ebensowenig bei den schrillen Lauten, die ich meiner Blockflöte entlockte. Möpschen warf mir nur einen melancholischen Blick zu und begab sich wieder zu seiner geliebten Mamsell. Er folgte ihr seit seinem Unfall wie ein Schatten und wich nicht mehr von ihrer Seite. Sogar aufs Klo versuchte er sie zu begleiten, was sie sich dann aber doch sehr energisch verbat.

Der Bernhardiner wurde im Dorf zum Tagesgespräch. Jedermann war begierig, das Neueste über seinen besorgniserregenden Zustand zu hören. Gab ihm Mamsell wirklich nur noch Sahne zu schlabbern und statt der üblichen Knochen schieres Fleisch? War Möpschen wieder einmal in Ohnmacht gefallen, und stimmte es, daß wir ihn beböten ließen, um den Fluch zu brechen?

Mutter stöhnte. «Können wir nicht mal von was anderem sprechen? Das ist ja schlimmer als damals die Geschichte mit Lisa.»

Lisa war eine zwergische Kuh, die durch mißliche Umstände – der Bulle hatte sich losgerissen und auf sie gestürzt – zu früh gedeckt worden war, so daß ihr Körper vor lauter Anstrengung, ein Kalb zu produzieren, nichts mehr für sein eigenes Wachstum übrigbehalten hatte. Das neugeborene Kälbchen war fast schon so groß wie die Mutter und konnte ihr nach ein paar Monaten mühelos den Kopf lecken. Jedermann interessierte sich für Lisa.

«Es hängt mir wirklich zum Hals raus», fuhr Mutter fort, «dieses schwachsinnige Gerede über einen Hund.»

Vater sah sie an. «Könnte es vielleicht sein», sagte er mit sanfter Stimme, «daß du unsere bohrenden Fragen, wer denn nun eigentlich unser Weihnachtsgast ist, vermißt?»

«Unsinn», sagte Mutter kurz. «Im übrigen habe ich bestimmt schon darüber geredet.»

«Hast du nicht.»

«Nein?» Mutter tat erstaunt.

«Egal, wer es ist, du weißt, wir freuen uns rasend auf ihn», beteuerte Vater.

«Schön, das zu hören.» Mutter machte eine wirkungsvolle Pause. Und einen Augenblick vergaßen wir tatsächlich Möpschen und sein Mißgeschick und warteten bänglich, für wen sie sich entschieden hatte. Vaters schon in der Kehle vorsorglich bereitgehaltenes Wimmern blieb jedoch diesmal aus. Mutters Wahl war auf Vaters ehemaligen Kommandeur gefallen, und den schätzten wir alle. Der pensionierte Oberst war schon ein paarmal bei uns gewesen, und wir durften ihn Onkel Arnold nennen. Als wir ihn das erste Mal zu Gesicht bekamen, waren wir recht enttäuscht. Nach Vaters Schilderungen war er ein Held. Und einen Helden, noch dazu einen hochdekorierten, hatten wir uns wirklich anders vorgestellt. Was da aus dem Wagen geklettert kam, wirkte eher wie eine Mischung aus dem Apotheker in der Reklame «Wenn Petrus grollt, nimm Rachengold» und unserem alten Superintendenten, einem Mann, der keiner Fliege etwas zuleide tun konnte.

Onkel Arnold war ein nicht sehr großer, fuchsig aussehender Mensch, dem kleine Haarbüschel aus den Ohren wuchsen und dessen immer noch dichtes, volles Haar weit in die Stirn reichte. Seine langsame, nölige Sprechweise wirkte zunächst eher einschläfernd als aufmunternd, bis man allmählich mitbekam, daß es sich durchaus lohnte, ihm zuzuhören. Denn Onkel Arnold erwies sich als ein blendender Erzähler, allerdings mit für uns merkwürdigen Ansichten, über Idealisten zum Beispiel: Für ihn waren das höchst fragwürdige Existenzen, die den Menschen erbarmungslos zu bessern versuchten.

Mutter war ganz irritiert. «Ist es nicht wunderbar, Ideale zu haben?» rief sie.

«In gewissen Grenzen vielleicht», räumte der Onkel ein, «aber wirklich nur sehr in Grenzen. Denk doch nur an Robespierre und wie der die Köpfe rollen ließ.»

«Sehr richtig!» rief Vater etwas ungeduldig. Er wollte unbedingt dem Oberst seine neue Errungenschaft, eine hübsche kleine Stute, zeigen. «Können wir jetzt gehen?»

Dem Onkel war anzusehen, daß er lieber im Warmen geblieben wäre. Pferde waren für ihn ein nützliches Fortbewegungsmittel, aber mehr auch nicht. Das konnten wir natürlich nicht so hinnehmen. Waren denn Pferde nicht die edelsten Geschöpfe auf der Welt?

«Das ist Geschmackssache.» Der Onkel lachte. Auch von der Jagd hielt er nicht viel, und schon gar nicht war er darauf erpicht, Sauen zu schießen. «Womöglich habe ich eine Ladehemmung, und das Vieh geht auf mich los!»

Mein Bruder kuckte ihn ungläubig an. «Hast du etwa Angst vor einem Wildschwein?»

«Und ob», sagte der Onkel.

Und so was sollte ein Held sein? Das mußten wir erst verdauen. Helden waren für uns das Höchste. Schlageter zum Beispiel und Schill. «Wohlauf, Kameraden, aufs Pferd, aufs Pferd! Im Kriege, da ist der Mann noch was wert!» Das fanden wir phänomenal. Obwohl wir uns insgeheim eingestehen mußten, daß wir auch ganz schön Schiß vor Wildschweinen hatten. Aber woher kamen dann die vielen Orden des Onkels? Besaß er nicht sogar den «Pour le mérite», die höchste Auszeichnung, die Seine Majestät zu vergeben gehabt hatte?

Das Gesicht des Obersts verzog sich zu einem fuchsigen Lächeln. «Ich sehe euch an der Nasenspitze an, was ihr denkt», sagte er. «Aber was meine Orden betrifft, die habe ich nur meinem Selbsterhaltungstrieb zu verdanken. Not macht eben erfinderisch.»

Das konnte Vater nur bestätigen. Er hatte uns oft erzählt, wie raffiniert Onkel Arnold den Feind an der Nase herumgeführt und ihm eine völlig aus der Luft gegriffene Truppenstärke vorgegaukelt hatte, indem er Kriegsgefangenen falsche Informationen zuspielte, die sie für bare Münze nahmen und mit denen er sie dann entkommen ließ. Als wir ihn darauf ansprachen, spielte er das Ganze herunter und behauptete, all das hätte er schon bei Karl May und Lederstrumpf gelernt. Kriege hielt er für unvermeidlich. Es liege nun mal in der menschlichen Natur, von der Überzeugung durchdrungen zu sein, man müsse sich gegenseitig ab und zu den Schädel einschlagen. Daran lasse sich kaum etwas ändern. Um so wichtiger sei es für einen Soldaten, sein Handwerk zu beherrschen, um Verluste gering zu halten. Dafür war ihm jedes Mittel recht gewesen. Er hatte unsinnige Befehle geschickt unterlaufen – mal war der Melder nicht rechtzeitig eingetroffen, mal die Telefonleitung unterbrochen – und junge Offiziere, die versessen auf Auszeichnungen waren, als erstes mit einem Auftrag ins Feldlazarett geschickt, wo ihnen der mit dem Oberst befreundete Truppenarzt die schlimmsten Fälle zeigte. Danach war der Ehrgeiz meist auf ein gesundes Maß reduziert.

Onkel Arnold war ein angenehmer Hausgenosse, immer bereit zu einer Partie Schach oder Halma, wobei es uns allerdings nicht ein einziges Mal gelang, ihn zu schlagen. Er war ein aufmerksamer Zuhörer und zeigte großes Interesse an den Geschichten und Geschichtchen, die so im Dorf passierten. Dazu gehörte diesmal nach der Kuh Lisa natürlich Möpschens Mißgeschick. «Mein Gott», sagte er anerkennend, «so viel erlebe ich ja in Berlin in einem Jahr nicht. Da pfeift einem höchstens mal eine verirrte Kugel um die Ohren, weil irgendwelche Hitzköpfe meinen, sie müßten zeigen, was in ihnen steckt.»

Onkel Arnold war seit einigen Jahren Witwer. Seinen einzigen Sohn hatte er im Krieg verloren. Aber sonst erfuhren wir aus seinem Leben nur wenig. Natürlich konnte Mutter es nicht lassen, ein wenig auf den Busch zu klopfen. Fühlte er sich nicht jetzt sehr einsam, oder gab es vielleicht jemanden, der einen so netten Menschen wie ihn ein wenig aufmunterte, mit ihm ins Theater und ins Konzert ging? Der Oberst lächelte amüsiert. «Vielleicht, vielleicht. Aber nun möchte ich erst mal alles ganz genau über Möpschens merkwürdiges Verhalten hören.»

«Er ist und bleibt eben ein Angsthase», sagte mein Bruder, womit wir mal wieder beim Thema waren.

Der Oberst nahm meinen Bruder ins Visier. «Wieso ist dieses Tier ein Angsthase? Er schätzt doch die Gefahr völlig richtig ein. Der Kater war ihm haushoch überlegen. Du kennst das Sprichwort: ‹Wer sich in Gefahr begibt, kommt darin um.›»

«Siehst du?» rief ich beglückt. «Und immer willst du, daß ich mit dem Schlitten den Berg hinter der Kiefernschonung runterfahre, wo man gar nicht richtig steuern kann vor lauter Bäumen.»

«Gutes Beispiel», lobte der Onkel, «eine völlig überflüssige Mutprobe. Ich möchte sagen: naßforsch.»

Mein Bruder gab widerwillig zu, daß da was dran war. Aber bei Möpschen war das doch etwas völlig anderes. Und gleich in Ohnmacht zu fallen! Das fand Onkel Arnold allerdings auch eigenartig. Ohnmächtige Menschen hatte er zu Dutzenden erlebt, im Kadettenkorps zum Beispiel, wenn sie in glühender Sonne in Habachtstellung stehen mußten, bis irgendeine Fürstlichkeit kam, um die Front abzuschreiten. Da waren die Schüler reihenweise umgekippt. Aber ein Hund? Und nun hatte dieses Tier auch noch seine Stimme verloren. Was für ein sensibles Geschöpf! Aber, sagte der Onkel, ob es uns nun passe oder nicht, Angst sei geradezu lebensnotwendig. Nur völlig phantasielose Menschen besäßen keine. Natürlich müsse man, wenn Not am Manne sei, seine Angst überwinden. Und das sei dann der vielgepriesene Mut. «Euer Bernhardiner ist ein sehr kluges Tier, und ich bin fest davon überzeugt: Wenn euch wirkliche Gefahr droht, wird er über seinen Schatten springen.»

«Schön wär's», seufzte Vater. «Aber ich fürchte, jetzt, wo er nicht mal mehr bellen kann, ist er mehr denn je eine attraktive Attrappe. Im übrigen, Arnold, hast du recht mit dem, was du naßforsch nennst.» Und mit einem bedeutungsvollen Räuspern zu meinem Bruder: «Nicht wahr, mein Sohn?»

Das wollte mein Bruder ja nun nicht auf sich sitzen lassen. «Du sagst doch immer: Stellt euch nicht so an. Nehmt euch gefälligst zusammen! Wenn ich zum Beispiel nicht auf Robert reiten will, weil der immer versucht, einen an den Bäumen abzuscheuern.»

«Der Junge hat ja so recht», sagte Mutter.

«Und wenn ich mir eine Bemerkung erlauben darf, das Wort Angsthase stammt von dir. Du hast es gern benutzt, wenn das Kind nicht ins Wasser wollte.»

Der Onkel grinste, und Vater sagte: «Apropos Wasser. Der See ist zugefroren und hält bereits. So ein schönes Weihnachtswetter haben wir seit vielen Jahren nicht mehr gehabt.» Es stimmte. Statt des üblichen Matschwetters kurz vor Weihnachten hatte es seit mehreren Tagen stark gefroren, und ein leichter Rauhreif sorgte zusätzlich für festliche Stimmung, wie das blankgeputzte Haus, die brennenden Kerzen auf dem Adventskranz und die Regensburger Domspatzen, die zum x-ten Male plärrten: «Schlafe, mein Prinzchen, schlaf ein.»

So verlief denn auch das Weihnachtsfest voller Harmonie, bis auf einige kleine unwichtige Dissonanzen, die Mutter wie immer souverän meisterte. Dabei war sie selbst betroffen, weil Möpschen wieder einmal sein Sabbermaul an ihrem neuen Samtkleid abwischte, was auf dem resedafarbenen Rock einen häßlichen Fleck gab. Dann konnte mein Bruder seine Enttäuschung darüber nicht ganz verbergen, daß er statt einer neuen Lok ein Paar Schmierstiefel bekam, deren Qualität Vater gar nicht genug rühmen konnte. Nicht direkt maulig, aber doch kurz davor, fand er auch nicht die überströmenden Dankesworte, die Onkel Arnold für sein Geschenk hätte erwarten können. Es war ein naturgetreues, ziemlich großes Pferdegespann, makellos geschnitzt, und ein dazugehöriger Wagen. Außerdem war es das Lieblingsspielzeug seines gefallenen Sohnes gewesen, und er hatte es sich für meinen Bruder sozusagen vom Herzen gerissen. Der Oberst trug Billis zurückhaltenden Dank mit gemessener Würde. Aber eine gewisse Enttäuschung war ihm anzumerken. Mutter jedoch rettete mal wieder unseren Ruf, nette Kinder zu sein, und bannte die Gefahr, daß der Onkel womöglich meinen Bruder insgeheim einen flapsigen Burschen nannte. Sie zeigte die Begeisterung, die Billi so vermissen ließ. «Seht nur, ist es nicht entzückend? Und wie sorgfältig gearbeitet!»

Vater stimmte in den Lobgesang ein, und so schafften es meine Eltern tatsächlich, daß mein Bruder zumindest so viel Interesse zeigte, daß er mir streng untersagte, die Pferde auch nur zu berühren. «Nimm bloß deine unegalen Pfoten von meinen Sachen, sonst kannst du was erleben!»

Die Weihnachtsgeschichte war, einige Male von den Alarmrufen meiner Mutter: «Achtung, gleich brennt der ganze Weihnachtsbaum!» unterbrochen, von Vater vorgelesen worden, die Pakete der Patentanten ausgepackt, das Abendessen verzehrt und im Magen jenes angenehme Gefühl erreicht, das vom Genuß zu vieler Süßigkeiten erzeugt wird. Vater und unser Gast hatten begonnen, sich unter brüllendem Gelächter Anekdoten aus der kaiserlichen Armee zu erzählen, wobei die Instruktionsstunden zu ihrem Lieblingsstück im Repertoire gehörten.

«Schütze Meier, was tut der Soldat vor der Schlacht?»

«Er zittert.»

«Aber nicht vor?»

«Angst und Feigheit.»

«Sondern?»

«Mut und Kampfbegier.»

Mutter ließ diese Albernheiten mit mildem Lächeln an sich vorbeirauschen und vertiefte sich in die Weihnachtspost. Wir Kinder beschlossen, noch einmal nach draußen zu gehen. Vater fand das eine Schnapsidee. «Aber meinetwegen.»

«Zieht euch warm an!» rief uns Mutter wie gewöhnlich hinterher.

Doch kaum waren wir im Flur, folgten uns die Erwachsenen. Ja, sogar Mamsell war mit von der Partie, eifersüchtig bewacht von Möpschen, der schon zu knurren anfing, als Onkel Arnold ihr nur galant in den Mantel half. Als wir den See erreicht hatten und Möpschen die spiegelglatte Fläche im Mondschein sah und das Eis seufzen und knacken hörte, weigerte er sich wie jedes Jahr standhaft, uns auf den See zu folgen. Winselnd und jaulend blieb er am Ufer zurück und sah zu, wie sich seine geliebte Mamsell von ihm entfernte. «Der Hund hat recht, es ist wirklich verteufelt glatt», sagte Vater. Und da war es auch schon passiert: Mamsell kam mit einem Aufschrei ins Rutschen, griff haltsuchend nach Onkel Arnold, der wiederum nach Vater, während Mamsell mit einem lauten Juchzer zu Boden ging.

Das war Möpschens Stunde. Kein Zweifel, die Männer waren drauf und dran, seine geliebte Mamsell umzubringen. Er mußte sie retten. Wie eine Billardkugel kam er auf uns zugeschossen und biß sich an Onkel Arnolds glücklicherweise gut gepolstertem Stiefel fest. Das Durcheinander war vollkommen, und es dauerte einige Zeit, bis jeder wieder auf den Beinen stand und Onkel Arnold seinen Stiefel von Möpschen befreit hatte. Doch Onkel Arnold war weit davon entfernt, Möpschen seinen Angriff übelzunehmen, ja er streichelte ihn sogar gerührt und sagte: «Seht ihr? Das ist Mut.»

«Kuckt mal», sagte Mutter und deutete auf den Sternenhimmel, der sich wolkenlos in erhabener Größe über uns wölbte. «Ist es nicht wundervoll?» Wir starrten andächtig nach oben. Einen Augenblick war es so still, daß wir unsere

Schutzengel flüstern hörten, was wir doch für eine gräßlich anstrengende Familie seien. Nicht mal am Heiligabend hätten sie Zeit, auf einer Wolke zu sitzen und Christi Geburt mit einem Hosianna zu begrüßen.

Und dann brach es aus Möpschen hervor. Er bellte und bellte und bellte, und seine Stimme schallte so majestätisch über den See, daß das Schilf erschrocken zu rascheln begann.

9 Das Überraschungsgeschenk

Das Ehepaar Schott verbrachte diesmal das Weihnachtsfest nicht in seinen eigenen vier Wänden. Sie waren der flehentlichen Bitte einer frisch verwitweten Kollegin von Herrn Schott gefolgt und zu ihr in das kleine Dorf gefahren. Das bedeutete kein allzu großes Opfer. Die Kollegin besaß ein hübsches Haus mit weitem Blick über die Landschaft, was Herrn Schott schon auf der Fahrt dorthin wieder einmal dazu brachte, ausgiebig von seiner seligen Kindheit auf dem Land zu sprechen, deren ausführliche Schilderung Frau Schott inzwischen herbeten konnte. Natürlich drehte es sich um all die Dinge, die es inzwischen längst nicht mehr gab, wie mit Pferd und Wagen Heu einfahren, auf dessen duftender Fülle der kleine Heinz thronte, den einschläfernden Singsang der Dreschmaschine, den Taubenschlag mit den gurrenden Tauben, das Trillern der Lerchen, wenn er durch die Felder lief, und nachts höchstens das Geräusch muhender Kühe und das Bellen des wachsamen Hofhundes. Und all die herrlichen Düfte nach selbstgebackenem Brot, siedenden Wellwürsten vom Schlachten, durchs Seihtuch tropfenden Obstsäften und frischgewaschener Wäsche, die, wollte man Herrn Schott glauben, von seiner Großmutter noch eigenhändig in einem vorbeifließenden, natürlich kristallklaren Bach gewaschen worden war. Und er durfte ihr dann helfen, sie nach Haus zu tragen.

Frau Schott konnte seine Begeisterung nicht teilen. Sie war froh, ihre Wäsche nicht mehr auf einem Wäschebrett rubbeln zu müssen. Und Kachelöfen mochten ja gesund sein und in ihrer Röhre gebratene Äpfel köstlich schmecken, aber eine Ölheizung machte weniger Arbeit, und die Mikrowelle tat es ebenso. Und was die vielen herrlichen Gerüche betraf, die seiner Meinung nach zu einer gemütlichen Küche gehörten, so waren diese wohl von ihren Nachbarn eher mit Mißfallen registriert worden.

Wie immer, hörte sie nur halb hin. «Und dann diese Ruhe», wiederholte Herr Schott zum x-ten Mal verträumt. «Nur der Wind in den Bäumen und nachts höchstens mal ein Käuzchen. Das waren noch Zeiten. Wenn ich da an unsere Wohnung denke – alle Augenblicke Tatütata von der Feuerwehr oder Motorradgeknatter.»

«So oft ja nun auch wieder nicht.» Frau Schott gähnte.

Aber er ließ ihren Einwand nicht gelten. «Wenn es nicht das ist, ist es etwas anderes.»
«Was denn?» fragte Frau Schott.
«Ist doch egal.»
Frau Schott seufzte. Warum sich aufregen. Ihr Heinz dachte nun mal lieber rückwärts als vorwärts und liebte es, die Vergangenheit zu verklären. So trauerte er noch immer der vorangegangenen Wohnung nach. Allein dieser märchenhafte Blick, den sie vom Wohnzimmer aus gehabt hatten. Einmalig! Dabei war die Aussicht nun wirklich nicht doll gewesen. Ein enger Hinterhof, hübsch bepflanzt, mit einem Apfelbaum in der Mitte. Es gab aber auch viel Mauerwerk, das dringend mal wieder hätte getüncht werden müssen. Auch von der alten Küche schwärmte er, dabei hatte er damals oft genug über die verrotteten Bleirohre gemurrt, die dauernd verstopft waren.

Aber irgendeine Schwäche hatte schließlich jeder, und im großen und ganzen war doch ihr Heinz ein angenehmer Mensch, mit dem es sich gut leben ließ. Auch wenn er ein Meister darin war, spontane Entschlüsse zu fassen und sie damit zu überraschen. Manches löste bei ihr nur momentanen Ärger aus, wie zum Beispiel, als sie ihn zum Einkaufen schickte und er mit einem Sonderposten rosa Toilettenpapier zurückkam. Zu der Wohnung gehörte nur ein winziger

Boden, und so blieb ihr nichts anderes übrig, als die hundert Rollen im Schlafzimmer bis zur Decke um den Kleiderschrank herum zu stapeln, so daß es aussah, als sei er mit einer rosa Girlande geschmückt. Die Freundinnen warfen sich verständnisvolle Blicke zu, meinten, in manchen Urlaubsländern hole man sich schnell eine hartnäckige Darminfektion weg, und empfahlen ihren Hausarzt, der auf diesem Gebiet eine Kapazität sei. Auch das Monstrum an Maschine, in der man dreißig Portionen Joghurt herstellen konnte, sowie der Korkenzieher, mit dem man eher die Flasche kaputtkriegte als den Korken heraus, brachten sie nicht allzusehr aus der Fassung. Schlimmer war da schon der Videorecorder, vor dessen unverständlicher Bedienungsanleitung nicht nur Herr Schott selbst, sondern sogar der zu guter Letzt zu Rate gezogene Fernsehtechniker kapitulieren mußte. Jedoch auch hier hielt sich Frau Schotts Ärger noch in Grenzen. Aber ein paarmal war ihr Mann entschieden zu weit gegangen, und sie hatte daraufhin schon zweimal gedroht, ihn zu verlassen. Das Schlimmste war die hanebüchene Reise, die er hinter ihrem Rücken gebucht hatte, ein Abenteuerurlaub, bei dem sie, anstatt gemütlich am Strand in der Sonne zu liegen, bei abwechselnd glühender Hitze oder Regengüssen in einer Gruppe viele Kilometer durch eine unwirtliche Gegend stapfen mußte und sich dann am Abend in primitivsten Unterkünften ohne jeden Komfort schlaflos vor Muskelkater im Bett wälzte. Nach drei Tagen brach Frau Schott das Unternehmen ab und fuhr allein nach Haus.

Manchmal war es ihr auch gelungen, eine dieser Überraschungen rechtzeitig wieder rückgängig zu machen, wofür sie alle Hebel in Bewegung setzen mußte, wie etwa die dubiose Lebensversicherung, die sich ihr Heinz hatte aufschwatzen lassen, das Auto, bei dem man das Gefühl hatte, auf der Erde zu sitzen, dafür aber mit dreihundert Stundenkilometern über die Autobahn jagen konnte, und dann dieses Monster von Hund! Seine stets in anklagendem Ton vorgebrachte Verteidigung «Ich hab's doch nur für dich getan!» ließ sie manchmal vergessen, daß für die sich anschließende lautstarke Auseinandersetzung die Wände ihrer Wohnung reichlich dünn waren.

«Nun sind wir bald da», sagte Herr Schott und deutete auf ein Schild, das die Entfernung bis zu dem Dorf angab. Sie nickte. Sie hatte zuerst bei dieser Einladung einige Bedenken gehabt. Womöglich ging man damit eine Verpflichtung ein, die man später bereute. Andererseits war es natürlich schön, einmal selbst von jeder Weihnachtsvorbereitung befreit zu sein und sich nicht mit Kochen und Backen abplagen zu müssen. Das betraf besonders den Stollen, der ja bei Heinz eine so riesige Rolle spielte, weil das Rezept noch von seiner Großmutter stammte und daher zu seinen seligen Kindheitserinnerungen gehörte. Sie begann sich jetzt richtig zu freuen. Es hatte den ganzen Tag geregnet, aber nun hatte es aufgehört, und rötliche Wolken, die Frau Schott unwillkürlich an das unselige Toilettenpapier erinnerten, begleiteten sie am Abendhimmel, als sie die von Häusern gesäumte Straße bis zum Ortskern des Dorfes fuhren. Um den Marktplatz gruppierten sich einige hübsche Fachwerkhäuser, und ein stattlicher, mit elektrischen Kerzen bestückter Weihnachtsbaum hieß sie willkommen. Sehr schnell ließen sie das Dorf hinter sich. Wälder und Wiesen begannen, die aber von Neubauten umgeben waren, so daß die Landschaft von übergroßen Glühwürmchen betupft schien. Eins dieser Glühwürmchen war das Haus von Herrn Schotts Kollegin. Sie stiegen aus dem Auto, und Herr Schott blieb einen Augenblick stehen. Er atmete tief durch. «Schon allein diese würzige Luft», schwärmte er. «Na, dann wollen wir mal.»

Die Witwe erwies sich als eine reizende Gastgeberin. Das behagliche Fremdenzimmer war mit Blumen geschmückt, Mineralwasser stand bereit und frisches Obst in einer edlen Schale.

Frau Schott zog die Gardine zurück und genoß den weiten Blick über das Land.

Der Heiligabend verlief harmonisch und stimmungsvoll. Herrn Schotts Erinnerungen an seine Kindheit begannen wieder heftig zu sprudeln, und es dauerte eine Zeit, bis Frau Schott ihn mit Räuspern und scharfen Blicken daran erinnern konnte, daß die Gastgeberin vielleicht auch mal gern zu Worte kommen würde. Herr Schott schwieg gehorsam, und die junge Witwe war endlich an der Reihe, über ihre Probleme zu sprechen. Da Herr Schott sich nun alle Mühe gab, ein aufmerksamer Zuhörer zu sein, fand Frau Schott Gelegenheit, sich schon ein wenig früher zurückzuziehen. Als sie gerade eingeschlafen war, weckte sie ihr Mann. Er wirkte sehr aufgekratzt und bat sie inständig, doch noch einen kleinen Spaziergang mit ihm durch diese herrliche Weihnachtsnacht zu machen. Schlaftrunken griff seine Frau nach der Uhr. «Jetzt, um diese Zeit? Es ist ja schon Mitternacht vorbei.»

«Sei kein Frosch», bat er zärtlich und streichelte sie. «Sieh nur diesen wundervollen Mond. Und dann der Rauhreif! Tu mir doch den Gefallen.»

«Meinetwegen», sagte Frau Schott großzügig und zog sich an.

In dem hellen Mondlicht ließ es sich gut laufen, und auf den Feldwegen war es auch nicht glatt. Der Rauhreif hatte Felder, Koppeln und Wald überzuckert, und die Sterne funkelten prächtig.

«Gib's zu», sagte Herr Schott, «du findest es doch auch wundervoll.»

Frau Schott gab es zu. Es war wirklich ein Erlebnis. «Irgendwie ist man hier dem Himmel näher», sagte sie andächtig.

«Und dann diese herrliche Stille!» rief Herr Schott unangebracht laut.

«Pscht!» sagte Frau Schott. «Mach nicht solch einen Lärm.»

«Du hast recht», sagte Herr Schott. «Ich habe neulich gelesen, Lärm kommt von Alarm. Mit Krach soll man früher seine Feinde vertrieben haben.»

«Und die Stare», ergänzte Frau Schott lachend. «Jedenfalls hast du immer erzählt, daß ihr leere Konservendosen in die Kirschbäume gehängt habt.»

Arm in Arm kehrten sie ins Haus zurück, schlichen leise, um die Gastgeberin nicht zu wecken, die Treppe hinauf zu ihrem Fremdenzimmer und schlüpften ins Bett.

Frau Schott war kurz davor einzuschlafen, als ihr Mann ihr ins Ohr flüsterte: «Ich habe eine tolle Überraschung für dich. Doch die verrate ich erst morgen. Du wirst staunen.» Davon war

Frau Schott fest überzeugt, aber sie war zu müde, um zu erschrecken. Und so war sie eingeschlafen, ehe sie ins Grübeln kommen konnte.

Als sie am nächsten Morgen erwachte, blendete sie herrlicher Sonnenschein. Die Landschaft sah noch immer wie gepudert aus, und ihr Heinz hüpfte äußerst vergnügt in Unterhosen, aber schon in Hemd und Schlips, durchs Zimmer. Da fiel ihr plötzlich wieder ein, daß er ihr etwas erzählen wollte. «Was für eine Überraschung hast du denn nun für mich in petto?» fragte sie. Das Hochgefühl nach dem erquickenden Schlaf in dieser herrlichen Ruhe machte sie sorglos. Um so härter traf sie der Schlag, den ihr Herr Schott mit seiner Überraschung versetzte. «Du hast das Haus gekauft?» Sie sah ihn ungläubig an. «Ohne mit mir vorher darüber zu sprechen? Einfach so?»

«Nicht einfach so», verteidigte sich Herr Schott. «Die Kollegin hat schon lange mit dem Gedanken gespielt, schon als ihr Mann noch lebte. Aber ich habe sie gebeten, dir nichts zu verraten. Es sollte doch eine Überraschung sein. Freust du dich nicht?»

«Wahnsinnig.» Frau Schotts Hochgefühl war einer anderen Empfindung gewichen. Ihr war, als stünde sie auf einem Gleis und sehe einen Zug auf sich zurasen. «Du mußt übergeschnappt sein. Wovon willst du das überhaupt bezahlen?»

«Auf Raten natürlich. Sie ist mir da sehr entgegengekommen, so daß ich es mit einem Kredit gut schaffen werde. Ich habe schon mit der Bank gesprochen. Der Zinssatz ist im Augenblick sehr günstig. Den Bausparvertrag habe ich ja noch.»

«Von was für einem Bausparvertrag redest du da?» Seine Frau war völlig verwirrt, und es stellte sich heraus, daß Herr Schott nicht nur einen Bausparvertrag hinter ihrem Rücken abgeschlossen hatte, sondern ihm irgendwann mal das Glück zuteil geworden war, beim gemeinsamen Lottospielen mit seinem Kegelclub eine stattliche Summe zu gewinnen. Das war zuviel für Frau Schotts Nerven. Sie begann zu weinen.

«Aber ich habe es doch nur für dich getan!» rief Herr Schott, nun ziemlich beunruhigt. «Ich wollte dir eine Freude machen. Dieses Haus ist sozusagen mein Weihnachtsgeschenk.»

«Steck es dir doch sonstwohin», schluchzte Frau Schott. «Glaubst du, ich habe Lust, den Rest meines Lebens in dieser Einöde zu verbringen? Und überhaupt, was wird aus unserer schönen Wohnung?»

«Die wird meine Kollegin gern übernehmen. So können wir uns mit allem Zeit lassen und brauchen den Umzug nicht zu überstürzen. Es kommt ihr überhaupt nicht auf einen Monat an. Und überleg doch mal: Bis zu meiner Pensionierung ist es nicht mehr lange hin. Was sollen wir dann noch in dieser gräßlichen Stadt? Denk allein an die wachsende Kriminalität! Erinnerst du dich noch, was mit dieser netten Frau Weber passiert ist?»

Frau Schott wollte sich nicht erinnern, obwohl es natürlich traurig war, daß die nette Frau mit einem Schock ins Krankenhaus mußte, nachdem ein Jugendlicher versucht hatte, ihr die Handtasche wegzureißen. Herr Schott mußte alle Künste spielen lassen, um den Ehefrieden wiederherzustellen. Glücklicherweise fand er Unterstützung bei der Kollegin. Sie hatte volles Verständnis für Frau Schott und stellte ihnen das Haus zehn Tage lang zur Verfügung, damit Frau Schott sich besser mit dem Gedanken an einen Umzug anfreunden konnte. «Schließlich will man ja nicht die Katze im Sack kaufen», sagte sie lächelnd. Und das fand Frau Schott nun wirklich sehr entgegenkommend. Zehn Tage Probewohnen, so großzügig war man in diesem Geschäft selten.

Und tatsächlich: Nach ein paar Tagen sah Frau Schott die Sache nicht mehr ganz so negativ. Das Haus war wirklich entzückend, ausgestattet mit einer Loggia, mit einem Bastelkeller und einem großen Garten mit alten Obstbäumen, der sich direkt an das Feld eines Bauern anschloß. Auch das schöne Wetter trug dazu bei, ihre Stimmung zu bessern. Das Ehepaar machte lange Spaziergänge und war begeistert von der Freundlichkeit, die ihm die Dörfler entgegenbrachten. Das galt hauptsächlich für den kleinen Laden, in dem sie die einzigen Kunden waren und wo man sich sofort erbot, wenn nötig, alles zu liefern, was gewünscht wurde. Zufrieden verließen sie das Geschäft und waren sich einig darüber, wie nett die Menschen hier noch waren, so ganz anders als in der Stadt. Irgendwie persönlicher. Obwohl Frau Schott zugeben mußte, daß die Preise ziemlich gepfeffert waren und das Gemüse verständlicherweise zu dieser Jahreszeit weniger frisch. Die an ihnen vorbeiradelnden Kinder grüßten höflich, und der Apotheker gab sich als Dorfchronist zu erkennen und erzählte ihnen alles, was er über die Entstehung des Dorfes und über dessen Bewohner zusammengetragen hatte. Es war sogar ein kleines Büchlein von ihm erschienen, das sie gern von ihm erwarben, um sich ein Bild über die geschichtliche Vergangenheit zu machen. Eins war sicher: Der Ort war schon sehr alt und berühmt für eine Art Fisch, die es angeblich nirgendwo sonst gab.

Als die Kollegin zurückkam, freute sie sich

über die gute Stimmung im Haus. Sie hatte die Schottsche Wohnung besichtigt und war von ihr begeistert, auch von der Einrichtung, und schlug deshalb vor, die Wohnungen doch einfach zu tauschen. Wie sie feststellen konnte, hätten sie ja den gleichen Geschmack.

Nach kurzem Zögern willigte Frau Schott ein. Beide Frauen hatten ihre Einrichtung gut in Schuß. Frau Schott kam es sogar so vor, als mache sie hier einen vorteilhaften Tausch. Deshalb war sie ein wenig überrascht von dem Angebot. Aber der Grund war wahrscheinlich, daß die Witwe ein neues Leben beginnen und möglichst wenig an ihren schmerzlichen Verlust erinnert werden wollte. Frau Schott machte sie fairerweise darauf aufmerksam, daß die Feuerwache nicht weit entfernt von der Wohnung liege und die Nachtruhe gelegentlich durch Motorräder und grölende Betrunkene aus der griechischen Kneipe gegenüber gestört werde. Aber das war der Kollegin egal. Ein paar Mankos müsse man überall in Kauf nehmen. Und die Großstadt sei nun mal das, was ihr jetzt guttue, genau das Richtige, um sie abzulenken.

Der Umzug beider Parteien vollzog sich problemlos, und zu ihrem eigenen Erstaunen gewöhnte sich Frau Schott schnell an das dörfliche Leben. Glücklicherweise schien sich die Kollegin in der Schottschen Wohnung ebenfalls sehr wohl zu fühlen. Jedenfalls äusserte sie sich bei gelegentlichen Telefongesprächen hochzufrieden. Herr Schott wiederum hatte einen Schleichweg durch die Felder gefunden, auf dem es sehr viel weniger Verkehr gab, so dass er die Strecke bis zu seinem Büro schneller bewältigte, als er gedacht hatte.

«Noch», sagte ihr neuer Freund, der nette Apotheker, trocken.

«Wieso?» Herr Schott sah ihn fragend an.

«Wenn's mit der Bestellung losgeht, benutzen ihn nur die Bauern», erklärte er. «Und so ein Trecker ist nicht gerade ein Porsche.»

Die Schotts lachten herzlich. «Wirklich ein netter Kerl», sagte Herr Schott auf dem Heimweg und schnupperte. «Was stinkt denn hier so mörderisch?»

«Das ist die Gülle», erklärte Frau Schott munter. «Die wird jetzt aufs Feld gefahren. Du als Landkind müsstest das eigentlich wissen. Im Märzen der Bauer sein Rösslein einspannt.» Und Herrn Schott fiel ein, dass er erst vor ein paar Tagen hinter so einem Güllewagen hergezockelt war.

«Du bist eben nicht so geruchsempfindlich wie ich», sagte er leicht verstimmt.

Frau Schott lachte und sah auf die Uhr. «Ich bin bei den Grentzens zum Kaffee eingeladen.»

«Die viele Sahnetorte sieht man dir allmählich an», sagte Herr Schott ungewohnt bissig und warf einen anzüglichen Blick auf ihre etwas voller gewordene Figur. «Bestell Herrn Grentz mal einen schönen Gruß von mir und sag ihm, klassische Musik gehört in den Konzertsaal und muß einem nicht von früh bis abends in Gottes freier Natur die Ohren volldröhnen. Diese ewige Beschallung ist ja nicht auszuhalten. Zumindest könnte er mal das Band wechseln und was anderes ablaufen lassen als nur Vivaldi.»

«Mir gefällt's», sagte Frau Schott. «Du solltest dich freuen, daß es hier Menschen gibt, die sich für klassische Musik begeistern.»

Herr Schott lenkte ein. «Vielleicht hast du recht. Und was die Gülle betrifft, müssen wir eben mal für ein paar Stunden die Fenster geschlossen halten.» Aber ein bißchen länger dauerte es schon, und Herr Schott atmete geradezu erleichtert die benzingeschwängerte Stadtluft ein.

Die Zeit der Obstblüte kam und wurde von frostigen Nächten bedroht, was nach sich zog, daß Herr Schott bei dem Krach der Turbinen, die die Berieselungsanlage in Gang hielten, nicht einschlafen konnte. Auch bekam er ein Strafmandat, weil seine Abkürzung nur für landwirtschaftliche Fahrzeuge zugelassen war. Dazu war er jetzt an den Wochenenden meistens allein, weil seine Frau dank des rührigen

Apothekers immer mehr in das dörfliche Leben einbezogen wurde. Ganz begeistert berichtete sie dann ihrem Mann von all dem herrlichen Klatsch, den sie zu hören bekommen hatte: daß die unscheinbare Matrone in dem kleinen Kramladen, die da freundlich zwischen Tellern und Tassen, Nägeln, Bindfaden, Taschenlampenbatterien, Seifenständern, Schulheften und Briefpapier herumschusselte, bereits dreimal verheiratet und für das Dorf eine Art Kurtisane gewesen und wohl immer noch sei, nach der die Männer Schlange standen; und dann die Sozialhilfeempfängerin mit ihrem durchaus vermögenden Lebensgefährten, die ihre Sozialhilfe beim Friseur verschleuderte und sich mit allem herrichten ließ, was gut und teuer war, und dazu noch einen großen Aufwand mit ihren Nägeln trieb.

Doch Herr Schott zeigte wenig Interesse an diesen Berichten, seine Kollegin am Telefon dafür um so mehr, und wie es Frau Schott vorkam, schien ihr dieser Dorfklatsch dirckt zu fehlen. Jedenfalls konnte sie gar nicht genug davon hören, mußte aber dann zu ihrem Leidwesen abrupt Schluß machen, denn die Feuerwehr raste mal wieder an ihrem Haus vorbei, und man konnte sein eigenes Wort nicht verstehen.

Angeregt durch den Apotheker, begann Frau Schott sich sehr für Heimatkunde zu interessieren. Er zeigte ihr die Sehenswürdigkeiten der Gegend, besichtigte mit ihr Museen und Kirchen und lud sie zu Orgelkonzerten ein.

Während Herr Schott begonnen hatte, Gemeinde und Landrat mit Beschwerdebriefen über ruhestörenden Lärm – nächtliches Spritzen der Obstbäume gegen Ungeziefer, Böllerschüsse, um die Stare von den Kirschen fernzuhalten, ratternde Trecker zu jeder Tageszeit und überlaute Musik vom Nachbarhof – zu bombardieren, und die Wochenenden damit verbrachte, sie zu entwerfen, tanzte seine Frau auf dem Feuerwehrball, half beim Kränzebinden, nahm an gemeinsamen Butterfahrten teil und amüsierte sich köstlich auf dem Schützenfest. «Nett, daß man dich auch mal sieht», sagte Herr Schott verdrossen, wenn sie fröhlich, ein Lebkuchenherz umgehängt, nach Haus kam, und brütete dann weiter finster vor sich hin.

Doch eines Tages schien er seinen Ärger überwunden zu haben. Er wurde wieder umgänglicher und gesprächig, was vielleicht damit zu tun hatte, daß jetzt, so kurz vor Weihnachten, wieder absolute Ruhe auf Feldern und Obstplantagen herrschte und ihm niemand mehr die Abkürzung in die Stadt streitig machte. Auch bemerkte Frau Schott mit Erleichterung, daß er seiner Umwelt gegenüber sehr viel toleranter geworden war. Er regte sich nicht einmal mehr auf, als Herr Grentz vom Nachbarhof seine Kühe beim Melken mit Weihnachtsliedern zu erfreuen versuchte und «O Tannenbaum, o Tannenbaum, wie grün sind deine Blätter» trotz der geschlossenen Thermopanefenster im ganzen Haus zu hören war. Ein wenig schuldbewußt nahm sich seine Frau vor, wieder mehr auf ihn einzugehen. «Erzähl mir doch mal wieder ein bißchen von früher», sagte sie, «vom Leben auf dem Lande.»

Aber er schüttelte den Kopf und sagte: «Ein andermal.» Jetzt müsse er noch mal weg, zurück in die Stadt. Er habe dort etwas Dringendes zu erledigen.

Einen Augenblick überfiel sie ein gewisses Unbehagen. Hoffentlich besorgte er nicht eins von seinen verrückten Geschenken, mit denen man dann seine Last hatte, sie wieder loszuwerden. Aber reumütig verbot sie sich solche häßlichen Gedanken. Im Grunde genommen hatte er es ja immer gut mit ihr gemeint und ihr eine Freude machen wollen. Und das war schließlich die Hauptsache. Er telefonierte jetzt oft hinter verschlossener Tür und sagte, als sie ihn wegen seiner Geheimniskrämerei ein wenig neckte: «Eins kann ich dir jedenfalls versprechen: Du wirst mächtig staunen!»

«Da bin ich mir ganz sicher», sagte sie trocken.

Der Heiligabend war gekommen, und sie beschlossen, ebenso wie im letzten Jahr einen mitternächtlichen Spaziergang zu machen. Hand in Hand wanderten sie die ihnen längst vertrauten Feldwege entlang, die wie im Jahr davor mit Rauhreif bedeckt waren. Und während ihre Gesichter vom kalten Ostwind brannten und am Himmel die Sterne funkelten, blieb Herr Schott stehen und sagte feierlich: «Jetzt verrat ich's dir, was ich mir für dich ausgedacht habe!»

Ihre Hand verkrampfte sich in seinem Parka. Angst überfiel sie. «Was denn?» rief sie schrill.

«Die Sache ist die», erklärte Herr Schott, «meine Kollegin wollte unbedingt das Haus wieder zurückhaben. Und nun gehört es wieder ihr. Ich muß sagen, ich habe ein gutes Schnäppchen dabei gemacht. Und das beste daran ist, wir können wieder in unsere alte Wohnung zurück. Freust du dich?»

Frau Schott starrte ihren Mann an.

«Jauchzet, frohlocket, auf, preiset die Tage...» hallte es vom Nachbarhof.